Nur dieser eine Moment

Für Thomas,

diese Geschichte ist für Dich.
Sie ist nicht Deine,
nicht meine,
doch erinnert sie an uns.

Jutta Carmen Jersch

Nur dieser eine Moment

Roman

Bibliografische Information der Deutschen Nationalbibliothek:
Die Deutsche Nationalbibliothek verzeichnet diese Publikation in der Deutschen
Nationalbibliografie; detaillierte bibliografische Daten sind im Internet über
dnb.dnb.de abrufbar.

© 2020 Jutta Carmen Jersch
Satz, Umschlaggestaltung, Herstellung und Verlag:
BoD – Books on Demand, Norderstedt
ISBN 978-3-7504-6676-0

Inhalt

„Wenn ich eine Episode aus meinem Leben niederlegte, so entriß ich sie der Vergessenheit, sie interessierte andere Leute, sie war endgültig gerettet. Ich erfand auch gern Geschichten; insofern sie durch meine Erfahrungen inspiriert waren, waren sie für diese zugleich eine Rechtfertigung; in gewisser Weise freilich dienten sie zu nichts, waren aber dennoch einzig und unersetzlich, sie existierten, und ich war stolz darauf, sie aus dem Nichts gezogen zu haben"

Simone de Beauvoir, Memoiren einer Tochter aus gutem Hause

Prolog

Juli 1992

Lange Zeit habe ich nach Wahrheiten gesucht. Ich habe sie nicht gefunden. In meinem Zimmer vertiefte ich mich in Bücher, während meine Freundinnen zu studieren begannen oder mit ihren Freunden zusammenzogen. Rast- und Schlaflosigkeit, Unruhe, begleitete mich auf meinen Weg, der vor über drei Jahren an einem heißen Maitag begann. Damals hatte mein Bruder sich für den Tod entschieden und ließ mich zurück in einer Welt, die mir als fremd und trostlos erschien. Um seine Nähe ringend, fragte ich mich, ob er noch immer bei mir ist, es ein Leben nach dem Tod gibt. Ich klammerte mich an die Aufzeichnungen der Gespräche mit Menschen, die schon einmal für tot erklärt worden waren und begeisterte mich für ihre Geschichten, identifizierte mich mit ihnen, wenn sie von einem Wiedersehen mit Verstorbenen, Wohlgefühlen und einem sie anziehenden Licht sprachen. Sehr schnell interessierte ich mich für die Theorie der Reinkarnation, die mir über die Vorstellung hinaus, dass es ein 'Leben danach' geben sollte, einen Sinn für das gegenwärtige Sein versprach. So war es für mich nachvollziehbar, dass ein einzelnes Leben in einem größeren Zusammenhang steht, wodurch gelebtes Leid und erfahrenes Unrecht erklärt werden kann. Die Trauer um meinen Bruder war damit nicht länger zufällig oder sinnlos, denn es gab - obgleich ich ihn nicht erkennen konnte - einen höheren Grund dafür, warum Patrick gegangen war, warum ich jetzt leiden musste. Zu meiner Enttäuschung stieß ich kurz darauf aber auf die Grenzen dieser Idee, denn für einen Moment über das eigene Leid hinweggeschaut, konnte ich es nicht anwenden auf andere Ungerechtigkeiten, auf die hungernden Kinder der Elendsviertel Afrikas oder Südamerikas zum Beispiel, denn war es nicht zu einfach oder gar arrogant ihre Qualen auf diese Weise rechtfertigen zu wollen.

Außerdem stieß ich zeitgleich in dem Buchladen, in dem ich nach meinem Abitur zu arbeiten begonnen habe, auf ein Buch über PSI und die Erklärung dafür, warum Menschen nach ihrem Tod Bilder und Empfindungen wahrnehmen können. Zum zweiten Mal wandte ich mich enttäuscht ab - verstand nun, dass ein Leben nach dem Tod auf Erden nicht zu beweisen ist.

Etwas trieb mich dazu weiterzusuchen und ich stellte mir jetzt die Frage, warum es so weit gekommen ist, warum mein Bruder keinen anderen Ausweg als die Selbsttötung gesehen hatte. Ich vertiefte mich in seine Lebensgeschichte, machte mir Gedanken über unser Umfeld, unsere Familie, und suchte diesmal Rat in der Psychologie. Familientherapeutische Theorien aufsaugend, begriff ich, dass ein Mensch innerhalb seines Systems zum Opfer werden kann, eine zu große Last auf sich nimmt, und erinnerte mich gleichzeitig an die letzten Lebensjahre meines Bruders, wie er aneckte, da er Beziehungsgeflechte und Grobheiten ansprach, von denen keiner meiner Verwandten etwas wissen wollte. Ich fand Erklärungen, Strukturen, die ich anwenden konnte und stieß auch auf den Begriff der Schizophrenie, mit dem die Ärzte meine Mutter und mich kurz vor dem Tod meines Bruders konfrontiert hatten. Von nun an mit den Krankengeschichten schizophrener Menschen beschäftigt, kamen mir bald jedoch erneut Zweifel, denn es ergaben sich zu viele offene Fragen, Ungereimtheiten, die der Erkrankung widersprachen und die - so wurde mir bewusst - im Nachhinein nicht mehr zu klären sind.

Schließlich auch diese Bücher zur Seite gelegt, entwickelte sich ein neuer Gedankengang in mir und ich vermutete, dass es am Ende gar nicht die Diagnose war, die über die Zukunft meines Bruders entschieden hatte, sondern die Aussichtslosigkeit und Einsamkeit, mit der sie einherging. Abgestempelt als krank, im Wald unter Verrückten, so musste er sich gefühlt haben, denn er schämte sich dafür, dass er in der Psychiatrie behandelt wurde. Auch ich, seine Schwester, die so eng mit ihm aufgewachsen war, fühlte mich dem nicht gewachsen und war nicht in der Lage dazu, ihm Trost zu spenden. Umso qualvoller die Zeilen in seinem Abschiedsbrief, den mein Opa erst viel später, eingeklemmt in unserer Schlafcouch, entdeckt hat. Auf einem gelben Zettel mit einem Hasen darauf, der die Worte „Hattu Kopf wie Sieb muttu aufschreiben" fröhlich seinem Betrachter entgegenhält, stellte mein Bruder für uns Zurückbleibenden unwiderruflich klar, dass er sehr gerne weitergelebt hätte, jedoch keine Möglichkeiten dafür sah: „Es tut mir leid, ich musste es tun - jetzt, wo mein Leben begonnen hat, es auch schon zu beenden." Diese, seine letzten, an uns gerichteten, Worte in meinem Geiste verewigt… und daneben, immer stärker, eine sich aufbäumende Kraft, ein Widerstand, das Empfinden, fast die Gewissheit, dass alles doch gar nicht so einfach ist.

Hier also meine Reise, Gedanken, Hinweise, aber keine Antworten, geschweige denn Gewissheiten und ich fühle mich erneut ratlos, im Nebel, ein Schleier, Trauer, die mich noch immer gefangen hält. Zurück an meinem Ursprung, dort wo ich einst begann, lese ich was ich damals geschrieben und finde sie wieder, die erste und akute Not, ein Einschlag, Gewalt, ein 17-jähriges Mädchen und der Versuch zu überleben, obwohl ein anderer neben ihr zugrunde ging. Längst vergessene Sätze und auf einmal doch eine Richtung, eine Eingebung und ich denke an meinen Bruder, daran, dass ich ihn halte, in einer Welt, die er längst überwunden haben wollte. Ihn loslassen und damit einen Teil von mir und ich ordne, überarbeite, schreibe, erzähle von Patrick, einem Menschen, meinem Bruder, den Schmerz ihn zu verlieren, neben dem Wissen, dass Themen wie diese nur am Rande der Gesellschaft ihren Platz finden. Der Vergessenheit entreißen, hinterlegen, gegenüberstellen, genährt über meine Vorstellung eine Stätte der Erinnerung zu errichten, wie einen Friedhof für Kriegsopfer beispielsweise, angelegt um mit der eigenen Geschichte zu versöhnen, gleichzeitig letzter Ort für Hinterbliebene und Mahnmal für vergangene Zeiten in die gegenwärtige Stille hinein.

Zurückbleibend I

Sonntag, der 7. Mai

Früher Nachmittag, ich bin unruhig und möchte zu Andie. Er hat mich zu sich nach Hause, nach Höchst, eingeladen. Auf dem Weg zur U-Bahn habe ich das Gefühl einen Umweg über das Papageienhochhaus nehmen zu müssen. Da es jedoch keinen Grund dafür gibt, laufe ich direkt zur Station. Meiner Mutter ergeht es ähnlich, doch davon weiß ich noch nicht. Sie ist mit meiner Oma in den Feldern hinter dem bunten Hochhaus spazieren und hört die Sirene eines Rettungswagens. Sie will rennen, doch meine Oma hält sie zurück.

Bei Andie verliere ich mein unruhiges Gefühl. Wir schauen aus dem Fenster und sehen in der Ferne eine Dunstwolke aus einem Schornstein kriechen. Wir drehen uns in seinem Bett herum und ich gestehe, dass er, älter als ich, mich noch immer etwas einschüchtert. Er lächelt und sagt, dass ich dennoch näher zu ihm kommen könne. Er mag, dass ich leicht bin.

Montag, der 8. Mai

„Seltsame Nacht, meine Gedanken schwer zu ordnen, hatte es nicht um Mitternacht geklingelt?, hatte ich nicht die Stimme meines Onkels durch die Sprechanlage hindurch wahrgenommen?, hatte ich nicht gewartet bis meine Mutter die Wohnung verließ, um dann auf den Balkon zu schleichen?, hatte ich nicht meinen Onkel und Lukas, den Freund meines Bruders, auf der Straße stehen sehen, in ihrer Mitte meine Mutter?, doch wo ist meine Mutter jetzt?"; das Telefon reißt mich aus den Gedanken, Lukas meldet sich und ich frage mich, warum er so früh morgens anruft, alles fühlt sich komisch an und das ist es, was ich ihm sage, er sagt, ich solle nicht zur Schule gehen, sondern auf meine Mutter warten, die beim Arzt ist, ich wundere mich noch mehr, doch allmählich wird es klarer: es ist etwas passiert, schon in der Nacht, als es zum ersten Mal geklingelt hat, habe ich es gewusst, ich habe mich auf den Flur geschlichen und zwei Männer, die Polizisten, waren zu hören und setzten sich zu meiner Mutter auf die grüne Couch im Wohnzimmer, ich jedoch flüchtete mich in mein warmes Bett, aus dem ich erst jetzt heraus gekommen bin, es klingelt wieder, diesmal an der Tür, ich öffne und Marius, mein Onkel, steht vor mir, keine Begrüßung, sondern: „Wanda, es ist etwas Furchtbares passiert, Dein Bruder, er ist tot", trauriger Glanz in grünbraunen Augen und ich höre weiter: „Du musst jetzt stark sein, vor allem für Deine Mutter, die einen Zusammenbruch erlitten hat...", Worte, die schwer auf meinem Rücken wiegen, als ich den Flur entlang renne hinein in das einst von Patrick bewohnte Zimmer, in dem nun meine Sachen stehen, ich stoppe am Fenster, dem von der Eingangstür entferntesten Punkt und Marius steht schon wieder bei mir, als mein Blick durch den Wintergarten hindurch auf eine Straßenbrücke fällt, im Hintergrund die Berge des Taunus, in Erinnerung kommen mir die Sonnenuntergänge, die ich mit meiner Mutter und meinem Bruder hier gesehen habe und die das Gebirge jeweils in wunderbares Rot einhüllten; im Auto erfahre ich mehr vom Zusammenbruch meiner Mutter, die Älteste von drei Geschwistern, neben Marius Mirella, die vielleicht noch gar nichts weiß..., später sehe ich Mutti am gedeckten Frühstückstisch mit der Freundin meines Onkels sitzen - ihr Gesicht bleich und im starken Kontrast zu ihrem dunkelbraunen, fast schwarzen Haar, sie wirkt ruhig, sehr ruhig und bestreicht ein Brötchen mit Butter und ich frage mich, wie ich je wieder Brötchen beschmieren und essen soll, ich höre meinem Onkel und seiner Freundin zu, die erzählen, dass mein zwei Jahre älterer Bruder Patrick - nachdem er die Klinik verlassen hat, gegen zwei Uhr am Nachmittag - sich von dem Hochhaus unserer Siedlung, das bunteste und höchste von allen, heruntergestürzt haben soll, gleichzeitig denke ich daran, dass er Bus und Bahn gefahren ist, vertraute Stationen, Gebäude und Felder an sich vorbeiziehen lassen hat - die Gewissheit des Todes in sich; wir fahren zur Polizei und werden zur Identifizierung gebeten, dort sehe ich ihn nun, meinen Bruder, Patrick, auf der Bahre, seinen Körper mit einem weißen Tuch bedeckt, sein Gesicht in scheinbaren Schlaf versunken, er schaut friedlich aus, nicht tot und meine Mutter beginnt ihn zu berühren, zu küssen, erst leicht, dann stärker und fordernder bis die Beamten sie wegziehen, sie möchte ihr Kind mit nach Hause nehmen und ich habe Angst, dass der tote Körper meines Bruders von jetzt an in unserem Wohnzimmer thront, langsam trete auch ich an Patrick heran und berühre sein kaltes Gesicht, seine weiche Haut, doch erst draußen vor der Tür, während ich auf meine Mutter und meinen Onkel warte, kommen mir die Tränen; wir fahren weiter zum Waldkrankenhaus und halten, um ein Eis zu essen, ich wundere mich und Marius schaut mich an, sagt, dass wir dennoch weiterleben müssen; um in die Klinik hinein zu kommen, klingeln wir, auf der Station ist es kalt, steril, auch in dem Zimmer, in dem mein Bruder bis gestern überlebt hat, wir packen Hose, Hemd, Schuhe und andere Sachen zusammen und mein Blick fällt auf das Zigarettenpäckchen, das auf dem Nachttisch liegt, ich stecke es ein und begegne dem Blick der Schwester, die an der Tür steht, Tränen in ihren Augen und ich beneide sie darum, gleichzeitig verachte ich sie, vor den Klinikmauern sage ich Marius, dass ich nach Hause möchte, allein, und er fährt mich zurück; auf meiner braunen Bettcoach warte ich bis Andie anruft, um zu fragen, warum ich nicht in der Schule war, ich stecke eine von Patricks Zigaretten an und erzähle, dass mein Bruder, Patrick, nicht mehr da ist, einfach nicht mehr existiert, Andie verspricht zu kommen und ich lege Musik auf, Bob Dylan, während ich weiter rauche und warte, danach zieht es mich auf die Straße, in karierter Schlafanzugshose auf dem Platz vor unserem Haus, Markus, ein Freund, der mit seiner Mutter unter uns wohnt, schmunzelt, doch Charlotte, die als nächste von der Schule nach Hause kommt, bemerkt,

12

dass etwas nicht stimmt, ihr langes blondes Haar ist zu einem Zopf ge-
flochten und ihr schmaler Mund besorgniserregend gespitzt, sie fragt,
ob etwas mit Patrick oder meiner Mutter passiert ist, doch möchte
ich sie nicht belasten, denn sie ist mehr als drei Jahre jünger als ich,
trotzdem sind wir seit über zehn Jahren miteinander befreundet und
dies liegt in erster Linie an ihrer Hartnäckigkeit, denn sie, die Kleine,
hat sich von mir, der Großen, nie abwimmeln lassen, auch jetzt setzt
sie sich neben mich, legt ihren Arm um meine Schulter und wir warten
gemeinsam, wortlos, bis Andie kommt, Charlotte kennt Andie nicht,
denn ich bin erst seit ein paar Tagen mit ihm zusammen, doch habe ich
ihr von ihm erzählt, er ist spät, hat sich verfahren und ohne Charlotte
zu grüßen, läuft er auf mich zu und nimmt mich in den Arm, zu dritt
laufen wir unserem Haus entgegen und trennen uns am Treppenauf-
gang von Lotta, die im zweiten Stock wohnt, Andie und ich fahren
mit dem Aufzug in den siebten, bevor ich ihm von meinem Morgen,
meiner Nacht erzähle, Andie hört zu und zündet sich eine Zigarette
an, obwohl er erst damit aufgehört hat, in meine Worte hinein klingelt das Telefon und es ist Marlene, meine Freundin, die nur ein paar
Meter entfernt wohnt und ebenfalls in unsere Klasse geht, sie hat das
Gefühl, dass etwas nicht stimmt und ich sage ihr, dass sie recht damit
hat, sich aber nicht sorgen muss, da Andie bei mir ist, sie antwortet,
dass sie trotzdem gerne kommen würde, doch wehre ich sie ab, mit
Andie hingegen gehe ich spazieren und stoppe an dem in unserer
Wohnsiedlung angelegten See, um uns herum weiße, gelbe, blaue und
rote achtstöckige Hochhäuser, die einen Kreis bilden und aufgrund
ihrer Bunte auch als Papageienring, kurz Ring, bezeichnet werden,
Tausende verschiedener Lebensgeschichten, Menschen, die hier im
Norden von Frankfurt zusammen leben und ich eine von ihnen, seit
über zehn Jahren, dem Moment, da meine Mutter sich von meinem
Vater getrennt hat, das Gefühl jeden Bewohner und jedes Stück Erde
zu kennen, könnte ich einiges erzählen, doch jetzt ist Patrick tot und
alles andere erscheint unwahr, nichtig, nie geschehen...; Andie bringt

mich zu meinen Verwandten zurück, zu Oma und Opa, zu Marius, der in ihrer Nähe wohnt, in den nächsten Tagen beginnen wir mit dem Erledigen der Formalitäten und Marius fährt uns von Termin zu Termin, in Erinnerung wird mir der Mann bleiben, bei dem wir unseren Sarg bestellen, der sagt, dass die Qualität des Holzes die Tiefe der Trauer bestimmt, meine Mutter und ich schrecken kurz auf, sind aber zu angestrengt, um weiter traurig zu sein.

In einem abgegriffenen Gedichtband meiner Mutter finde ich die Worte, nach denen ich gesucht habe, die mich einhüllen, andächtig stimmen, verstummen lassen und die ich kaum zu begreifen wage: „Du, den wir alle sangen, du einziger und echter Christ, du Kinderkönig, der Du bist, - ich bin allein: mein Alles ist entgegen Dir gegangen" (Rilke).

Dienstag, der 9. Mai

Markus, Couchbett, 'I'm Your Man' von Leonard Cohen aus meinen Lautsprechern und ein Spiel mit Händen, wortlos. Mein Bruder, der Cohen geliebt hat und Markus, der mir das Lederband seiner vor Jahren bei einem Motorradunfall verstorbenen Schwester schenkt. Es ist abgegriffen, abgetragen und ich möchte es nicht annehmen, doch Markus besteht darauf. Ich frage ihn, wie er mit dem Tod seiner Schwester umgegangen ist und er antwortet, dass seine Situation mit meiner nicht zu vergleichen ist, da er jünger war, den Schmerz nicht bewusst wahrgenommen hat. Er sagt außerdem, dass seine Schwester ihm im Aussehen sehr ähnelte und dass er sie noch immer vermisst. Ein paar Tage später verliere ich das Lederarmband seiner Schwester in unserem Klassenraum während des Geschichtsunterrichts. Ich werde panisch und Marlene, die neben mir sitzt, tut alles, dass wir es wiederfinden.
    Auch Natalia aus meiner Wohnsiedlung sucht mich auf, nachdem sie

von dem Tod meines Bruders erfahren hat. Es ist trüb und regnerisch, als wir gemeinsam spazieren gehen und von der Seite her streife ich eines ihrer hellblond gelockten Haarsträhnen. Außerdem sehe ich die Träne, die aus ihren blauen Augen gekrochen ist und fühle mich beruhigt, erleichtert, denn ich spüre sie weint um Patrick - nicht um mich.

Donnerstag, der 11. Mai

Auf der Wiese im Grüneburgpark und meine Hände gleiten wie von allein über Andies hellbraunes Haar. Ich sehe in seine grünen Augen und erkenne mich selbst nicht wieder, denn nie zuvor habe ich so gefühlt, nie zuvor habe ich so etwas erlebt. Meine Gedanken schweifen zu einem Moment in Prag, da ich neben Andie auf dem Hotelbett lag und ebenfalls alles wie von selbst ging: Worte kamen aus meinem Mund, Worte formten sich zu einer Geschichte, zu einer puren Phantasie und Andie fragte verwundert, ob ich mir den Inhalt gerade ausgedacht habe. Jetzt aber höre ich Andie sprechen und verfolge die Geschichte eines Drogenfahnders, der sich im letzten Jahr den Jugendlichen auf der Parkwiese vorgestellt hat. Er verriet ihnen, dass er sich in den Busch setzen und sie beobachten würde. Trotzdem vergaßen sie ihn nach einer Weile und nach dem ersten angezündeten Joint sprang er aus seinem Versteck hervor. Das Geschehen amüsiert Andie so sehr, dass ich denke, er hätte Spaß daran, es wieder und wieder zu erzählen. Mein Blick fällt auf einen schwarzhaarigen dünnen Mann, der nicht weit entfernt von uns herumstolpert. Seine Augen sind verdreht, er wirkt entrückt und ein seltsam fremdes Gefühl überkommt mich.

Auf dem Weg zum Auto stecke ich in Andies hellbrauner Lederjacke und bin das erste Mal stolz einen Freund zu haben. Andie nennt sie „Überlebensjacke", da sie im Sommer kühlt und im Winter warmhält. Danach schaut er auf meine Fingernägel, bemerkt, dass sie sehr kurz sind, dass ich sie mir nicht wie andere Frauen feile und lackiere.

Wir fahren zu Freunden von Andie, wenige Autominuten, Bruder und Schwester, die von ihren Eltern ein Reihenhaus geschenkt bekommen haben. Mit Abstand die Jüngste, fühle ich mich eingeschüchtert und denke an den Moment Ende April zurück, in dem Andie und ich uns erstmalig nähergekommen sind. Zufällig trafen wir im Klassenraum aufeinander und bemerkten, dass wir beide Gitarre spielten, wenngleich ich noch in den Anfängen steckte. Andie fragte, ob ich meine Gitarre mit auf die Klassenfahrt nach Prag nehmen könne und so kam es, dass er sie spielte, währenddessen ich neben ihm sang. Zuvor hatte ich ihn lediglich aus der Ferne beobachtet, denn drei Jahre älter als ich, Stufensprecher und täglich die Zeitung auf seinem Tisch liegend, kam er mir unerreichbar vor.

Ein paar Tage später werde ich Andie erzählen, dass die Reihenhausanlage seiner Freunde direkt gegenüber von Patricks Grab liegt und dass es mich während eines Besuches gestört hat, die lauten Stimmen der Menschen in ihren Gärten zu hören.

Freitag, der 12. Mai

Eine ungewöhnliche Maihitze zeichnet sich ab und ich schaue auf meine flachen, violetten Sandalen herunter, die sich von den dunklen Pflastersteinen abheben. Andie bezweifelt ein Leben nach dem Tod und ich sage, dass es doch so sein könnte, dass jeden Menschen nach seinem Tode das erwartet, was er sich zuvor in seinem Leben vorgestellt hat. Andie findet meinen Gedankengang gut und ich denke an Patrick und daran, wie wir um die Auferstehung stritten. Mein Bruder sagte, dass kein Mensch sich so wichtig nehmen sollte. Auch konnte er es nicht leiden, wenn Tote betrauert wurden. Einem Kreuz am Straßenrand oder Blumen auf dem Friedhof sah er mit Argwohn entgegen.

Vor dem Römerberg erzähle ich Andie von der Todesanzeige in der Frankfurter Wochenschau. Er meint, sie gesehen zu haben, doch es stellt sich heraus, dass er die Anzeige eines anderen Toten, eines Patrick Ahrendt ohne 't', gelesen hat. Die Mutter des anderen hat bereits bei uns angerufen - ihr Patrick, zwei Jahre älter als unserer, ist an Krebs gestorben.

Am Abend haben meine Mutter und ich einen Termin mit unserem Gemeindereferenten. Der gleiche, der Patrick und mich vor wenigen Jahren auf unsere Firmung vorbereitet hat, spricht nun in unserem Wohnzimmer die Totenmesse meines Bruders mit uns durch. Er ist traurig, betroffen, sucht nach tröstenden Worten und meine Mutter und ich schätzen seine Anwesenheit, wissen, dass 'Selbstmörder' kein Recht auf eine Messe haben.

Ich kann nicht schlafen und mir kommt ein Buch meiner Kindheit, Johanna Spyri, 'Gritlis Kinder', zurück. Ich erinnere Fani, den außer seinen großen glänzenden Augen und seinem dunklen Haar eine künstlerische Begabung auszeichnet und seine Schwester Elsli, die eher bleich und unauffällig wirkt. Da ihre Mutter Gritli frühzeitig verstorben ist, leben die Kinder bei einer Frau am Rhein, die sich insbesondere um Fani kümmert. Oft sitzt der Junge im großen Garten am Fluss und malt zum Gefallen der Hausherrin. Elsli leidet nicht darunter, weniger Aufmerksamkeit zu erhalten, da sie ihrerseits ihrem Bruder in Bewunderung und Liebe verbunden ist. Eines Tages aber stirbt Fani und Elsli wird schmaler als zuvor. Selbst kränklich, kümmert sie sich um eine alte Frau in einem Rollstuhl, die in einer armseligen Hütte lebt. Letztlich stirbt auch Elsli, aus Erschöpfung, aber auch aus Trauer um ihren verstorbenen Bruder. Ebenfalls in dem Buch: ein Mädchen, das an einen Rollstuhl gebunden ist. Zunächst dachte ich an 'Heidis' Klara, doch das Mädchen in meinem Buch unterscheidet sich von ihr, da sie um ihren baldigen Tod weiß. Diesen möchte die Mutter nicht annehmen, doch es ist die Kinderfrau, die dem Mädchen das Gehen leichter macht und über den immer gleichen Vers Hoffnung verspricht: "Die kennen keine Tränen mehr, Die kennen lauter Freude." Ich frage mich, ob der Vers nun auch mir Hoffnung schenkt... Um die Zeilen vom alten Lied vom Paradies noch einmal vor Augen zu haben, nehme ich Gritlis Kinder erneut zur Hand, bin aber verwundert, als ich bemerke, dass manches ganz anders ist, als ich es erinnere. Beispielsweise sitzt die kranke Nora nicht im Rollstuhl. Überhaupt stellt ihr Tod erst den Schlüssel für den Umzug von Fani und Elsli in das Haus am Rhein dar. Oder gibt es keine alte Frau, um die sich Elsli kümmert, sondern eine gesamte Familie. Viel entscheidender jedoch, ist es nicht der von allen geliebte, talentierte und leichtlebige Fani, der verstirbt, sondern dessen schwermütige Schwester Elsli, die bereits bei ihrer Einführung als kränklich beschrieben wird. Entsetzt lege ich das Buch wieder zur Seite und verfolge nun einen ganz anderen Gedankengang: „Wie konnte es passieren, dass meine Geschichte mit dem falschen Ende schließt? Wie konnte es passieren, dass ich übriggeblieben bin und nicht mein von früher Kindheit an so hübscher, pfiffiger und Herzen im Fluge erobernder Bruder?"

Sonntag, der 14. Mai

Geburtstag Andie, Garten, Gitarre und eine geschenkte Unterhose, die für alle Tage, außer Sonntag, ein farbiges Kondom bereithält. Gleichzeitig meine Scham über die von mir mit Liebe ausgesuchte Übersetzung eines Gedichtbands von W.B. Yeats, dessen romantische Beschreibungen mich im Buchladen sofort berührt haben. Kathrin, die Ex, ruft an und ich höre Andies charmante Stimme am Telefon. Ich schaue auf Miriam, seine erste große Liebe, auf ihr langes helles Haar im Kontrast zu ihrem braunen und schmalen Körper und mir kommt in den Sinn, wie Andie erzählte, dass seine Ex oft eifersüchtig auf sie war. Einmal verließ sie nachts sogar das gemeinsame Bett und auch ich wäre vom ersten Moment an, da Andie mir von ihr erzählte, eifersüchtig gewesen, hätte ich denn gewusst eine Chance bei ihm zu haben.

Dienstag, der 16. Mai

Beerdigung Friedhof West. Petra, eine meiner engsten Freundinnen, setzt auf der Arbeit durch, dass sie mich begleiten kann. Marlene ist nicht da. Sie sagt, dass sie es heuchlerisch findet, da sie zuvor für Patrick nichts getan hat. Najib, mein bester Freund, empfindet ähnlich und bat Unterstützung für den Fall an, dass ich ihn wirklich brauche. Patrick ist aufgebahrt. Mehrmals zuvor habe ich ihn so mit Marius und meiner Mutter gesehen. Es waren heiße Maitage und auch heute ist es heiß. Marco, Lottas Bruder, verweilt lange bei meinem toten Bruder. Die Trauerfeier fühlt sich ehrlich, nahe an der Geschichte eines Jugendlichen an, der sich das Leben genommen hat. Mutti wird auf dem langen Weg zu Patricks letzter Stätte von ihrem Bruder gestützt, meine Tante Mirella hakt sich bei mir ein. Ich wehre sie nicht ab, fühle mich aber stark und stolz in meinem in Berlin erstandenen, knielangen schwarzen Kleid. Dieter, der Mann meiner Tante, Marius und Lukas schauen lange dem in die Erde herunter gelassenen Sarg hinterher. Später treffen wir uns bei Oma und Opa, dem Ort, an dem meine Mutter und ihre Geschwister aufgewachsen sind und der nicht weit entfernt ist. Papa, der der Beerdigung beigewohnt hat, ist nicht mitgekommen. Ich spüre die Hitze auf der Veranda und habe Lust barfuss Federball zu spielen, doch Petra sagt, dass dies pietätlos wirken könne. Lukas, der neben mir steht, scherzt und nimmt mich in den Arm.

Colleen Mc Coullough, 'Dornenvögel' und ich ziehe Parallelen zu meiner Familie. Meine Mutter Marie sehe ich in der Rolle der schönen Maggie, aus deren Verbindung zu ihrer großen Liebe Pater Ralph ein Sohn, Dane, hervorgeht, der ihr, kaum erwachsen, weggenommen wird. Übrig bleibt ihre Tochter Justine, hervorgegangen aus der Ehe mit dem Schafscherer Luke, der es einst nur auf das Geld von Maggie abgesehen hat und den auch Maggie nicht liebte. Nach dem Tod von Dane wird es dauern, bis Mutter und Tochter einen Weg zueinander finden. Dafür hält Justine sich an ihre Großmutter und meine

Gedanken wandern über zu meiner, feststellend, dass auch sie einen besonderen Blick auf mich gehabt hat - dabei war, als ich schwimmen lernte, meine Fähigkeit erkannte innerhalb kürzester Zeit Gedichte auswendig zu lernen. Ich sehe sie vor mir, langes schwarzes Haar bis über die Schultern, meines zu zwei Zöpfen flechtend, um mir danach von ihrer Terrasse aus zuzuschauen, wie ich mit einem Fußball an den älteren und kräftigeren Jungs der Siedlung vorbeiziehe... In den Sinn kommen mir aber auch die Unterschiede zu dem von mir bereits mit 14 Jahren geliebtem Drama. Hauptsächlich die um meinen Vater Walther - der Mann, der meine Mutter vom ersten Augenblick an geliebt hat und ihren kleinen Sohn, meinen Bruder, anerkannte, adoptierte und aufwachsen ließ wie einen eigenen Sohn.

Mittwoch, der 17. Mai

„Den Tod zu verstehen ist nicht einfach, wenn man bedenkt, dass die meisten ihr Leben schon nicht begreifen. Und dennoch können Dinge, die man nicht zu begreifen vermag, schöner sein als Fassbares, Begreifbares. Es steckt eine Mystik im Tod, ein Zauber, der für Lebende nicht zu erreichen ist. Der Eintritt für das neue Reich ist der tote Körper - nun, ich habe gesehen, Du hast bezahlt. Ich hoffe, sie mögen Dich hineinlassen, das Tor zur Ewigkeit öffnen, Dich aufnehmen, so wie Du bist. Du hast es verdient - verdient, Deinen Frieden zu finden. Eines Tages werde ich Dir dann folgen und nicht nur ich, sondern unsere gesamte Familie wird sich wiedersehen. In keiner Dimension, in keiner der biblisch geschilderten Welten, sondern einfach in einer Vollkommenheit, die auf Erden nicht existiert. Glücklich mit diesem Wissen, glücklich darüber, dass diese Stunde näher rückt, werde ich versuchen weiterzuleben, auszuharren, egal welche Stunden auf mich warten mögen, bis zu dem Moment, da ich Dir erneut begegnen werde." Mit diesen Zeilen beginne ich das Buch, das ich Patrick gewidmet habe. In den nächsten Jahren, insbesondere an seinen Geburts- und Todestagen, werde ich auf diese Weise meine Gedanken an ihn richten, ihn ansprechen und dabei häufig so wie heute am Grab sitzen, das Unkraut an seinen Rändern betrachten und erinnern, dass mein Bruder einst zu mir gesagt hat, dass Energie nicht verloren geht.

Außerdem schieße ich ein Foto von Patricks Grabeskreuz mit all den bunten Blumen vom Tag seiner Beerdigung. Demgegenüber halte ich weitere in Gedanken: Patrick auf seiner letzten Klassenfahrt, mit Dauerwelle und orangem Bad Boy Shirt, sein Gesicht bleich wie auf der Bahre, die Augen stechend blau. Patrick im Arm meines Opas auf der Terrasse, Opa mit Baskenmütze und Zigarre, beide lächelnd und auf Opas Gesicht Anrührung und Stolz über seine Nachkommenschaft, insbesondere den Erstgeborenen, der mittlerweile jugendlich ist.

Freitag, der 19. Mai

Am frühen Morgen treffen Andie und ich uns auf dem Weg zur Schule. Ich steige in sein Auto und er parkt weit entfernt vom Schulgebäude. Wir durchlaufen das Frankfurter Dichterviertel und Andie träumt davon eines Tages mit mir in einem der herrschaftlichen Häuser zu leben. Eine ganze Weile lang läuft er mit mir Arm in Arm, vor der Schule lässt er dann los. Andie wollte von Anfang an unsere Beziehung vor den anderen verheimlichen und er hält es durch.

Mittags küsst er mich überraschend vor dem Schultor und glücklich beschwingt beschließe ich meine Großeltern zu besuchen, die in Nähe der Schule, im gleichen Stadtteil, leben und bei denen ich öfters spontan vorbeischaue. An diesen Nachmittagen gehe ich dann mit Oma spazieren, erzähle von der Schule oder anderen Erlebnissen und höre ihr zu, wenn sie mir von ihren frühen Ballettauftritten vor dem Krieg vorschwärmt oder dem letzten Opernbesuch mit ihrer Freundin. Oft sagt sie, dass sie in mir einen Teil von sich sieht und ich mag den stolzen Ausdruck in ihren braungrünen Augen, dem noch immer jungen Gesicht, der ihre Worte in diesen Momenten begleitet. Auch mag ich es, wenn Opa mir danach im Wohnzimmer politische oder auf Natur und Tiere gezielte Fragen stellt - ein Quizspiel, das er liebt und das ihm die Möglichkeit gibt, sein Allgemeinwissen, insbesondere seine Vertiefung in die Tierwelt, zu veranschaulichen. Opa liebt es in diesen Situationen zudem, mir zu sagen, dass ich ein hübsches und kluges Mädchen bin, jedoch noch einiges lernen muss... Aus seiner Stimme spricht nun Liebe und Anerkennung - Aufmerksamkeit, die ich genieße, die er mir als kleines Mädchen aber nicht gegeben hat.

Samstag, der 20. Mai

Auf der Eschersheimer Landstraße mit einer grünen Welle bei 60 Km/h. Andie und ich parken auf der Verkehrsinsel in Nähe der Batschkapp und tanzen später zu 'Why can't I be you' von The Cure. In der Nacht fährt er mich dann nach Hause und von der Seite her sehe ich auf seine sinnlich geschwungenen Lippen und träume noch immer davon, wie er zu sein. Er überlässt mir das Lenkrad seines Autos und ich freue mich auf dem Moment vor meinem Haus, da er die Sitze herunterschrauben und mich küssen wird. Dabei bedaure ich es, dass ich weder die Erfahrung noch die Möglichkeit besitze, ihn mit mir nach oben zu nehmen - so wie er mir erzählt hat, dass andere Frauen es tun.

Sonntag, der 21.Mai

Aus dem Radio 'She drives me crazy' von Fine Young Cannibals. Im Auto schaue ich auf Andie, der neben mir sitzt und bin glücklich bei ihm zu sein. Er hat mich zu einem Ausflug, zu einem See im Umkreis, eingeladen und mit uns fahren sein Freund Ben und seine Freundin. Über die beiden hat Andie mir zuvor erzählt, dass 'sie' gerne die Beziehung zu ihrem Ex aufleben lässt und 'er' ihr jedes Mal verzeiht. Ihr Leben stelle ich mir spannend vor und ich empfinde es so weit entfernt von meinem.

Am See zeigt Andie begeistert auf ein Mädchen mit kurzem orangenem Haar und fragt, ob auch ich mir einen grellen Kurzhaarschnitt vorstellen kann. An meinem mittellangen und nahezu schwarzen Haar festhaltend, falle ich später jedoch auf, indem ich mich auf den einzigen Felsen traue, den es in der Anlage gibt. Ich mache einen Kopfsprung, alles um mich herum klatscht und Andie flüstert mir die Worte „todesmutig" und „Heldin" ins Ohr.

Vom See aus fährt Andie mich zu Anna, einer Schulfreundin, die in der Mittelstufe gemeinsam mit zwei anderen Mädchen und mir ein festes Quartett bildete. Sie hat mich zu ihrem 18. Geburtstag eingeladen, ihrem Zuhause im Westend, und die Mutter und ihre Schwester sprechen mir ihr Beileid aus, während Anna nichts sagt. Ich schätze beides und bewundere Anna, die heute offenes Haar trägt und Ramon küsst. Die beiden - schwarzhaarig mit dunklem Teint und dunklen Augen - sehen schön zusammen aus und ich denke an den Moment ein paar Tage zuvor zurück, da Anna mir von ihrem neuen Freund erzählte. Ihre Brücke war eine Armbanduhr, die sie mit ihm getauscht hatte und ich war froh darüber, dass auch ich ihr von einem Freund erzählen konnte - ebenfalls von einem, in den ich verliebt bin. Mit Andie habe ich verabredet, ihn während der Feier anzurufen. Er sagt, dass er mich vermisst und liebhat und ich fühle, dass er sich in mich verlieben wird, wenn er mir nur die Zeit dafür gibt.

Dienstag, der 23. Mai

Petra wohnt nur ein paar Häuser von mir entfernt. In ihrem Treppenhaus überreicht sie mir einen kleinen Kuscheltiger und spricht davon, wie leid ihr alles tut und dass sie immer für mich da sein wird. Berührt schaue ich sie an und mir fällt auf, dass sie heute weniger zurechtgemacht ist als sonst und weder Make-up noch Lippenstift trägt. Auch ihr blondes Haar ist nicht zu einer Mähne frisiert, sondern leichte Naturlocken umspielen ihr schmales Gesicht. Ihrem Geschenk hat sie einen Brief beigelegt und ich finde liebe Worte - der Versuch von Trost, für den ich mich bedanke.

Zur selben Zeit drückt Marlene mir ein Buch mit dem Titel 'Nach einem Suizid - Gespräche mit Zurückbleibenden' in die Hand. Sie hat es auf dem Flohmarkt entdeckt und sagt, dass sie unsicher ist, ob es gut für mich ist. Ihre dunklen braunen, fast schwarzen Augen warten auf eine Antwort, doch ich zucke nur mit den Schultern.

In den nächsten Tagen lese ich und realisiere, dass ich fortan einem kleinen Kreis angehöre: dem Kreis derer, die einen geliebten Menschen verloren haben und ihr Leben neu beginnen müssen. Ich realisiere auch, dass die Trauer, insbesondere die Trauer um Selbsttöter, in unserer Gesellschaft tabu ist. Marlene erzähle ich von meinen Erkenntnissen nicht.

Donnerstag, der 25. Mai

Volleyball spielend in dem unserer Schule nahe gelegenen Grüneburgpark gemeinsam mit Marlene, Lydia und Sibille, die genau wie Lotta, Petra und Natalia Freundinnen aus unserer Wohnsiedlung sind. Sibille gehört dabei eher zu mir, während Lydia schon seit Jahren mit Marlene befreundet ist. Doch unternehme auch ich in letzter Zeit viel mit Lydia, da wir zu Beginn des zwölften Schuljahres gemeinsam mit Marlene ein Oberstufengymnasium ausgewählt haben, die gleichen Leistungskurse - Französisch und Gemeinschaftskunde - belegen. Heute warten wir auf weitere Jugendliche unserer Stufe, ich dabei insgeheim auf Andie, der ebenfalls versprochen hat zu kommen... Als er dann da ist, sieht er mich kaum, schaut nicht zu mir herüber und ich fühle mich traurig und müde zugleich. Marlene scheint mir meine Stimmung anzumerken, denn mit dem Fotoapparat in der Hand, fängt sie nicht nur Lydia, Sibille und mich ein, sondern gleichfalls Andie und dies obwohl ich glaube, dass sie ihn gar nicht leiden mag.

Auf dem Rückweg, allein mit Sibille, bestätigt sie mir, dass es nicht so aussieht, als ob Andie und ich ein Paar wären. Sie bestätigt mir auch, dass Andie gut aussieht, was mich noch trauriger macht. Außerdem spricht sie das erste Mal Patricks Tod an. Sie sagt, dass sie es über eine Freundin im Ring gehört hat und ihr nicht glauben wollte, da sie nur einen Tag danach mich am Telefon gesprochen hatte und mir nichts anzumerken war.

Am Abend kochen Sibille und Marlene bei mir in der Küche Spaghetti und binden sich während des Essens Küchentücher um. Ich esse nicht mit ihnen und ziehe mich für einen Moment auf den Balkon zurück. Dabei denke ich an Andie und an die Rückfahrt im Zug von Prag nach Frankfurt. Andie hatte Rotwein und ein Abteil ganz allein für uns organisiert und endlich wurden wir auch zärtlich. Seine Lippen berührten meine und er fühlte sich so warm und weich an. Zudem bemerkte er in der Umarmung, wie leicht und zart ich trotz meiner Größe sei. Als er fragte, wie viel ich wiege und ich ihm mit 57 Kilogramm antwortete, zeigte er sich verwundert und hatte recht damit, denn ohne es zu merken, hatte ich in den letzten Tagen drei Kilo abgenommen. Bei einer Größe von 1,70 wog ich nun 54 Kilo. Da wir zuhause keine Waage haben, verriet mir dies später die Waage meiner Großeltern. Dort auf dem kleinen Gerät stehend, die schmeichelnden Worte Andies in meinem Ohr, freute ich mich und schwor mir fortan noch viel leichter zu werden - leichter für den, den ich liebe und leichter für den, der auch mich lieben sollte und leichter als je zuvor.

Montag, der 29. Mai

Für das vergangene Wochenende hatte Andie mich eingeladen. Ich aber lehnte ab, da ich bereits meiner Tante zugesagt hatte, die Zeit bei ihr zu verbringen. Heute gräme ich mich dafür, denn seit Freitag habe ich kaum Kontakt mit ihm. Ich gehe nicht in die Schule und weiß, dass er sich nach Schulschluss melden wird. Das Telefon klingelt und ich habe seine Stimme am Apparat. Er fragt, ob ich zu ihm komme, denn er ruft von der Telefonzelle vor meinem Haus an. Ich laufe zu ihm hinunter und sehe ihn auf dem Spielplatz im Sandkasten sitzen - verratend, dass er mir gleich wehtun wird. Er macht Schluss und spricht von verschiedenen Welten, in denen wir leben und die er unter anderem mit seinem Haschischkonsum begründet. Rauchend kenne ich ihn bisher nur aus seinen Erzählungen, doch höre ich weiter zu, wie er mich als süßes und braves Mädchen beschreibt. Ich lasse ihn gewähren und als ich zum Haus zurücklaufe sind meine Beine seltsam schwer. Zum ersten Mal im Leben fühle ich mich leer und weiß nicht, wie ich die nächsten Minuten, Stunden, Tage verbringen soll. Zum ersten Mal im Leben bin ich auch nicht stolz, sondern erzähle meiner Mutter und Anna von meiner Trauer. Mutti ist verwundert über die schmale Figur im Sandkasten, die sie mit dem kurzen hellbraunen Haar für Sibille gehalten hat. Anna - ihre Freundin, die in unserem Haus wohnt - meint, dass Andie mich nicht gekannt haben könnte, da er mich sonst nicht verlassen hätte. Sie stiftet mich zum Eifersüchtigmachen an und für einen kurzen Moment glaube ich, dass ihre Strategien Erfolg haben könnten. Dann aber wird mir klar, dass ich nicht Anna bin und folglich mit ihren Vorschlägen scheitern werde. Später auf meinem Bett sehe ich mich noch einmal im Zug auf dem Weg nach Prag. Ich stehe am heruntergezogenen Fenster und der Wind weht mir mein schulterlanges Haar ins Gesicht, während die Landschaft an mir vorbeizieht und ich an Andie denke, der gerade weggegangen ist, daran, dass ich es jetzt noch verkraften würde, wenn er, der die ganze Zeit über darauf bestanden hat, neben mir zu sein, nicht zu mir zurückkehren wird. Wie sich danach aber herausstellte, tat er es und im gleichen Augenblick spürte ich, dass ich - glücklich und verliebt - auf seltsame Art und Weise nun auch verloren war.

Zurückbleibend II

Freitag, der 2. Juni

Im Schulhof kommt Andie auf mich zu. Er lächelt und fragt nach einer Zigarette. Ich sehe in seine grünen Augen und gebe sie ihm.

Abends sitzen Petra und ich auf dem Holzgeländer der Seilbahn unseres Seespielplatzes. Wir rauchen, trinken billigen Rotwein und erzählen von unglücklichen Lieben. Ich spreche von Andie und Petra nimmt mich in den Arm, tröstet, sagt, dass sie mich liebhat. Danach wanken wir angetrunken nach Hause.

Sonntag, der 4. Juni

Ich treffe Markus auf dem Hügel hinter der Kirche, die von unserem Haus aus zu sehen ist. Ich frage ihn nach einer Zigarette und er glaubt mir nicht, dass ich rauche, da ich vor wenigen Monaten nur Zigaretten vor seinen Augen kaputt gemacht habe. Er gibt mir trotzdem eine und seine Verwunderung wird noch größer, als ich ihn später nach Hasch frage. Kommentarlos besorgt er den Stoff und wir rauchen gemeinsam mit Petra im Waschkeller unseres Hauses. Zunächst keine Veränderung an mir wahrnehmend, ist es der letzte Zug, dessen Wirkung mich dazu bringt die anderen hinaus auf den Spielplatz zu treiben. Von Kindheit an mit den aufgestellten Spielgeräten vertraut, suche ich mir das Schaukelpferd aus und schaue zu Markus hinüber, der auf einem Reifen schwingt. Wir lachen, wie die Kinder, bis mir plötzlich schlecht wird, schwummrig, und es ist Petra, die mich vor einem Sturz bewahrt. Zusammen mit Markus bringt sie mich nach Hause, ich in ihrer Mitte, Schritt für Schritt, froh darüber, dass wir meine Mutter nicht antreffen, die vermutlich zu Anna gegangen ist. In meinen Kleidern lege ich mich dann auf mein Bett, die sonderbare Überzeugung in mir, dass nun auch meine Stunde gekommen ist und dass es nicht einmal wehtun wird. Derart von Übelkeit und Schwindel abgelenkt, schlafe ich letztlich ein, nicht aber ohne vorher in Gedanken von all meinen Freunden Abschied genommen zu haben.

Dienstag, der 6. Juni

Ich habe Bauchschmerzen und fühle mich verstopft. Wie auch gestern und Marlene verhielt sich solidarisch, als ich einen verdauungstreibenden, übelriechenden Früchtewürfel herunterschlucken wollte. Wir teilten ihn in zwei Hälften und Marlene sagte, dass es doch gar nicht so eklig sei, doch heute in der Schule bereut sie ihre Tat, denn sie schafft es kaum von der Toilette herunter und ich muss mich abmelden, um sie nach Hause zu bringen. Sie in der U-Bahn tröstend, wundere ich mich über die starke Reaktion ihres Körpers und vergleiche ihn insgeheim mit meinem, der sich unverändert - streng und unnachgiebig - zeigt.

Mittwoch, der 7. Juni

Einen Monat nach Patricks Tod realisiere ich, dass sich auf traurige Weise meine Plattensammlung vergrößert hat. Über meinen Bruder besitze ich nun mehr von Udo Lindenberg, den Beatles, Bernies Autobahn Band, Hannes Wader, Simon and Garfunkel, Eric Clapton oder den Stones - Musik, die Patrick und ich von Mirella und Marius her kennen. 'Paint It Black' wähle ich dabei zu meinem Favoriten, höre es immer wieder und in voller Lautstärke, tanze dazu und stelle mir vor, wie auch ich alles um mich herum schwarz anmale. Zudem entdecke ich meine Faszination für die Single 'La Isla Bonita', liebe Madonna, ganz gleich wie Patrick es einst getan hat.

Später sehe ich die Bücher meines Bruders durch. Mein Blick fällt auf die 'Reise um die Erde' von Jules Vernes, die ich gleich zu lesen beginne. Außerdem stoße ich auf Ann Ladiges, 'Hau ab, du Flasche' und sehe, dass Patrick Passagen angestrichen hat. Offensichtlich konnte er sich in einen Jungen reindenken, der seine Probleme mit Alkohol zu lösen versucht. Es fühlt sich fremd an und mir wird klar, dass es etwas in Patrick gab, zu dem ich keinen Zugang hatte.

Donnerstag, der 8. Juni

Andie läuft im Schulhaus auf mich zu und zieht mich an die Seite. Er sieht mir besorgt in die Augen und fragt, ob er der Grund für mein häufiges Schulschwänzen sei. Ich verneine und verschweige, dass er vielmehr den Grund dafür darstellt, dass ich überhaupt zur Schule möchte. Marlene hat sich erst kürzlich über meinen Eifer gewundert, als ich nach durchtanzter Nacht unbedingt den Englischkurs besuchen wollte.

Nach der Schule schaut Marlene bei mir vorbei und wir fotografieren uns gegenseitig aus verschiedenen Perspektiven. Dabei denke ich an den traurigen Ausdruck in meinen blaugrünen Augen und an Andie, gleichzeitig an Petra und Charlotte, mit denen ich vor kurzem Fotos in meinem Zimmer geschossen habe. Wir experimentierten mit Hut, Weinglas und Zigarette und ich wusste, dass mir meine Trauer um Patrick nicht anzusehen ist. Mit dem Fotoapparat in der Hand konzentriere ich mich nun schärfer auf Marlene und betrachte ihr zu einem Pagenkopf geschnittenes schwarzes Haar, ihre dunklen Augen und die helle Haut. Ihre Mutter ist ursprünglich aus Marokko und ihr Vater Deutscher und ich glaube, dies hat ihr zu einer ganz eigenen Schönheit verholfen. Ich zoome sie nahe heran und denke an die Frage, die sie mir erst kürzlich gestellt hat: Kann es sein, dass du deine Trauer um Patrick auf Andie verschiebst?

Abends sehe ich Markus an der Telefonzelle vor unserem Haus. Mit seinem braunen Haar, der schwarzen Kleidung, der schmalen, trainierten Figur empfinde ich ihn als gutaussehend und frage mich, warum ich ihn nicht lieben kann.

Samstag, der 10. Juni

Charlotte und Najib klingeln und ich möchte nicht mit ihnen rausgehen. Najib sagt, dass es ein Fehler ist, wenn ich mich nach Patricks Tod von allem zurückziehe, doch ich denke, dass nicht Patrick schuld ist, sondern die Sehnsucht nach irgendetwas anderem.

Am Abend ruft Najib an und fragt, ob es mir gut geht. Im gleichen Atemzug erzählt er mir, dass er meinen Bruder im letzten Jahr davon abhalten wollte, seine Ausbildung abzubrechen, Patrick sich aber nicht auf ihn einließ.

Sonntag, der 11. Juni

Anne, die neben mir und einem weiteren Jungen zu den Besten unserer Chemieklasse zählt, ist heute zu mir zum Lernen gekommen. Bevor wir anfangen, fragt sie, ob sie etwas Persönliches über mich erfahren darf und ich fühle mich angespannt, dann jedoch gleich erleichtert, als sie auf meine vielen Platten zeigt. Sie möchte wissen, ob ich ein Fan von Bob Dylan bin und ich bejahe, erinnere mich gleichzeitig daran, wie schön Patrick sie damals gefunden hat - ihr langes hellbraunes Haar, die braunen Augen und die grazile Figur. Gekoppelt mit ihrer offenen und natürlichen Art, fiel es Marlene und mir nicht schwer, mit Anne Freundschaft zu schließen und seit längerem trage ich einen silbernen Ring von ihr, den sie mir schenkte, da er mir so gut gefiel. Ich lächle und gemeinsam gehen wir die Kohlenwasserstoffverbindungen in unserem Chemiebuch durch.

Dienstag, der 13. Juni

„Dear Wanda,
sometimes the whole world breaks down. Words seem meaningless. Times may be hard, but we'll still get by. Our friendship feels like centuries old, even if we haven't realized it yet. And it will also lead us in a better Tomorrow. "
„Where art thou, beloved To-morrow?" (Percy Bysshe Shelley).
Najib hat seit Anfang des Jahres damit begonnen, mir zu schreiben und wählt dazu die englische Sprache. Für eine kurze Zeit eine englischsprachige Schule in Pakistan besucht, ist es die Welt seiner Musik und Bücher und ich mag es, die an mich adressierten Umschläge aus dem Briefkasten zu ziehen. Immer finde ich in ihnen auch eine getrocknete Blume und bemerke, dass das dünne Papier nach Parfum duftet. Nicht immer verstehe ich, was Najib mir über seine vermutlich oft aus Gelesenem oder Gehörtem zusammengesetzten Sätze in Verbindung mit den zitierten Gedichtzeilen sagen möchte, doch gefällt mir das Geheimnisvolle, das Sehnsüchtige, daran.

Mittwoch, der 14. Juni

Meine Mutter Marie ist zurzeit krankgeschrieben und legt sich auch tagsüber immer wieder hin. Heute Morgen jedoch verspricht sie, dass sie sich wieder fangen wird, mir zuliebe, denn ihr ist bewusst geworden, dass sie noch etwas zu verlieren hat. Ihre blaugrauen Augen schauen mich erwartungsvoll an, doch ich weiß nicht, was ich antworten soll und erzähle später in der Schule Marlene davon. Sie nickt, zögernd, und fragt gleich danach, ob es auch für mich etwas gibt, das mir wertvoll erscheint und für das ich weiterleben möchte.

Donnerstag, der 15. Juni

Vorgestern hat Najib mir seinen Walkman geliehen und ich höre New Model Army, 'Family Life', immer wieder und fühle mich frei, verstanden aber auch traurig, so wie jetzt vor der Schule, wo mir die Tränen in die Augen schießen. Die dort besungene Einsamkeit kann ich jetzt nachempfinden, das Gefühl, nicht nach Hause gehen zu wollen, ebenso den Drang, die Plätze des verstorbenen Bruders aufzusuchen.

Weiter

Freitag, der 16. Juni

Es ist Freitagmittag und ich nehme die Hälfte einer von Patricks Beruhigungspillen. Ich habe die Tranquilizer in seiner Tasche gefunden und bin neugierig herauszufinden, wie es meinem Bruder in den letzten Wochen vor seinem Tod ergangen ist. Ich schlafe schnell ein und der Wecker reißt mich erst am frühen Abend aus dem sorglosen Nichts. Ich fühle mich benommen und brauche sehr lange, um aus dem Bett zu kommen. Ich brauche ebenfalls lange, um mich anzuziehen und habe das Gefühl, meine eigenen und verzögerten Bewegungen von außen betrachten zu können.

Vorsichtig geschminkt treffe ich mich mit Marlene, Natalia, Lydia und Petra, denn wir möchten uns das Maxims in Nähe des Hauptbahnhofs anschauen. Angeblich läuft dort gute Musik, außerdem mag Andie den Laden. Von den Türstehern erfahren wir, dass sie erst um Mitternacht öffnen, weshalb wir zunächst verloren in der Bahnhofsgegend herumirren. Umgeben von roten Lichtern, schauen wir auf die aufgemachten, oft asiatischen Frauen und ich denke an die Massen von Freiern, die auf sie losgelassen werden. Ich fühle Beklemmung und Betroffenheit und ein Blick auf die stillen Gesichter meiner Freundinnen zeigt, dass es ihnen ähnlich ergeht. Keine von ihnen hat Lust hier etwas trinken zu gehen und Petra ist die diejenige, die davon spricht nach Hause zurückzufahren. Erwartungsvoll schaut sie mich an, doch obwohl ich sie verstehe, möchte ich nicht mit ihr kommen, sondern bleiben und das Maxims kennenlernen. So beschließt sie allein zu gehen und wir bringen sie zur S-Bahn-Station. Ich sehe sie die Rolltreppe herunterfahren, suche nach ihren Augen und treffe auf einen beleidigten Blick.

Um in den Club hineinzukommen, müssen wir klingeln. An den Türstehern vorbei, finden wir eine kleine Tanzfläche in der Mitte des

Raumes vor und eine Reihe von niedriger angelegten Tischgruppen um sie herum. An einer von ihnen nehmen wir Platz, bevor wir tanzen gehen, denn über die Anlage ertönt R.E.M, die Hymne: 'It's the End of the World as We Know it (And I Feel Fine)'. Ein großer schwarzer Mann tanzt nahe an mich heran und sagt, dass er auf schmale Frauen, dunkelhaarig mit hellen Augen („just like you") steht und ich möchte mich wegdrehen, spüre im gleichen Moment jedoch Lydia an meinem Arm, die mich von der Tanzfläche direkt nach draußen zieht.

Wir sitzen auf den Stufen eines Geschäftseinganges und rauchen, als zwei junge Männer an uns vorbeilaufen, angeheitert in unsere Richtung rufen, dass das Leben doch schön sein kann. Lydia lacht und gibt zurück: „Nachts um halb zwei, betrunken, vielleicht", woraufhin die beiden stehen bleiben und zu uns zurückkehren. Wir erfahren, dass sie Peter und Sebastian heißen, außerdem, dass sie gemeinsam Jazz- Rock in einer Band spielen. Lydia ist begeistert und fragt den großen Blonden, 'die Klarinette', Löcher in den Bauch, da sie selbst gerade mit dem Spielen begonnen hat. Der kleinere Braunhaarige und ich hingegen, hören zu, doch erfahre ich bei der Verabschiedung, dass er der Schlagzeuger ist. Unbestimmt verabreden wir uns für den Sinkkasten - eine Disco, die meine Freundinnen und ich regelmäßig donnerstags aufsuchen.

Fünf Uhr in der Früh vor meiner Haustür und ich bemerke, dass ich Schlüssel, Portemonnaie und Fahrkarte verloren habe. Ich drücke auf die Klingel und nehme durch die Sprechanlage und dem beginnenden Vogelgezwitscher hindurch die Schlaftrunkenheit meiner Mutter wahr. Nach dem Ausschlafen wird sie es vergessen haben und ich kann mir Portemonnaie, Fahrkarte und Schlüssel glücklicherweise aus dem Maxims abholen.

Sonntag, der 18. Juni

Mit Najib bei Uriah Heep und ich kann nicht glauben, dass ich das Konzert einer Band besuche, die bereits mein Onkel live gesehen hat. Marius liebte insbesondere den Song 'Gypsi', der auch mir am besten gefällt.

In unserer Siedlung bleiben Najib und ich eine Weile in seinem schwarzen Golf sitzen. Ich erzähle ihm von Andie und habe das Gefühl, dass die ihm anvertrauten Worte in eine tiefe Grube fallen und dort verweilen bis ich möchte, dass sie ans Tageslicht zurückkehren. Gleichzeitig nehme ich die Entrüstung meines Freundes wahr, über das, was Andie mir angetan zu haben scheint. Er sagt, dass ich eines Tages die Möglichkeit bekäme, mich zu rächen und ich denke darüber nach, was er damit meinen könnte. Später im Bett schmücke ich mir dann aus, wie sich Andie eines Tages unsterblich in mich verlieben wird, ich aber für ihn nicht mehr zu haben sein werde.

Montag, der 19. Juni

Gregor, ein russischer Junge aus der Nachbarschaft, kommt vorbei und fragt, ob ich ihm ein Buch leihen kann. Ich zeige auf mein Bücherregal und er nickt, sagt, über das Lesen hat er die deutsche Sprache gelernt. Stunden später, am Seespielplatz, gesteht er mir, dass er sich das erste Mal, da er mich hier sah, in mich verliebt hat. Zwei Jahre habe er gebraucht, um mir das zu erklären. Von dem Strahlen seiner blauen Augen beeindruckt, gebe ich ihm einen Kuss und bereue es sofort.

Zuhause rufe ich Najib an und erzähle ihm die Neuigkeit. Er fragt, ob ich verliebt in Gregor sei und als ich ihm mit Nein antworte, sagt er, dass ich sofort Schluss machen müsse, noch bevor es Gregor weh tut. Mit einem flauen Gefühl im Magen schlafe ich ein.

Dienstag, der 20. Juni

Verspätet auf dem Weg zur Schule, in der U-Bahn, treffe ich auf Lydia, die beim Arzt gewesen ist. Sie sagt, dass heute, als sie aus dem Haus heraustrat, der Wind so stark wehte, dass sie glaubte, das Meer zu hören. Nun möchte sie es gerne aufsuchen und von ihrem Fernweh angesteckt, beschließen wir aus der Bahn zu steigen, uns an die nächste Autobahneinfahrt zu stellen und Richtung Norden zu fahren. Ein junger Anwalt hält und sagt, dass er uns mitnimmt, damit es kein anderer tut. Gerade von einem Vergewaltigungsprozess entlassen, ist er auf Anhalterinnen schlecht zu sprechen, doch fährt er uns bis nach Gießen. Dort, in der Innenstadt, wird uns bewusst, dass wir es heute nicht mehr bis zur Nordsee und zurück schaffen werden und so trinken wir einen Kakao und verschieben unser Ziel auf ein nächstes Mal. Erneut eine Autobahnauffahrt aufsuchend, warten wir lange bis jemand hält, doch dann grinst ein junger Mann aus einem alten Auto heraus, der gerade Westernhagen hört und mit unserer Zustimmung 'Jonny Walker' zu voller Lautstärke aufdreht. Wir fahren - einfach so vor uns hin - und für einen Moment lang fühle ich mich entspannt, glücklich, denke, dass das Leben, das Unerwartete darin, manchmal auch Gutes bereithalten kann.

Glücklich zudem auf diese Weise meiner Verabredung mit Gregor nach der Schule entgangen zu sein, schleiche ich mich danach an mein Haus heran, doch dann sehe ich ihn, der nicht weit entfernt auf einer Bank sitzt. Stunden muss er hier auf mich gewartet haben und ich laufe auf ihn zu, vorbei an dem Sandkasten, an dem vor kurzem noch Andie mit mir Schluss gemacht hat, hin zu dem Holzirrgarten, der sich anschließt. Dort sage ich Gregor, dass ich den gestrigen Kuss vergessen möchte und dass ich mich nicht auf eine Beziehung einlassen kann. Als Grund nenne ich meine Erlebnisse der letzten Wochen, doch Gregor glaubt mir nicht und spricht von Launenhaftigkeit. Verärgert verlässt er mich und ruft mir zu, dass er mich noch dreimal fragen wird, ob ich mit ihm zusammen sein möchte. Seine Reaktion verunsichert mich und Gregor wird tatsächlich noch zweimal auf mich zukommen, dann aber wird er es aufgeben, zu einem Zeitpunkt, da er mich bereits mit einem anderen gesehen hat.

Mittwoch, der 21. Juni

Mit Marlene bei Anne im Auto auf dem Weg zur Schule. Aus den Lautsprechern dröhnt Bobby Mc Ferrin, 'Don't worry, be happy' und Anne übertönt und sagt, dass der Song ihr tagtäglich den Morgen erträglicher erscheinen lässt. Ihre Sonnenbrille über den Rückspiegel auf ihrem glatten Haar zurechtgesetzt, bietet sie uns ihre schmalen und langen Zigaretten an und ich bewundere sie, die ich als schön erlebe und voller Stil.

Nach der Schule sehe ich Andie in seinem Auto an der Ampel stehen. Ich weiß, dass er bereits aus meinem Leben gegangen ist, suche ihn aber trotzdem immerfort an den Plätzen, die ich begehe, in den Menschen, die ich treffe.

Freitag, der 23. Juni

Markus und ich fahren in die Innenstadt und trinken Wein. Wir haben Spaß und die letzte Bahn verpasst, kommt uns die Idee in seinem Zimmer im Westend zu übernachten. Letztes Jahr eine Ausbildung in einem großen Hotel begonnen, schläft er, gerade wenn es spät wird dort, und ich gebe meiner Mutter über Telefon Bescheid. Vor seinem Bett angelangt, überkommen mich dann doch die Zweifel, aber Markus rettet die Situation und sagt im vertraut, scherzhaften Ton, dass er mich sicher gleich auffressen wird. Gerecht teilt er danach das Bett in zwei Hälften ein und dankbar lege ich mich in meine gleich neben der Wand. Eingemummelt in rote Wolldecken, dauert es trotzdem nicht lange, bis wir zueinander finden.

Später Morgen, das Geschnatter der Enten im nahe gelegenen Park und ich sage, dass ich dies romantisch finde. Markus antwortet, dass andere vermutlich das Singen von anderen Vögeln romantisch fänden und ich lache, denke, dass es vermutlich auch gar nicht die Enten sind, sondern das Gefühl im Heute in einem Augenblick angekommen zu sein, der gestern noch nicht zu erahnen war. Während eines Spaziergangs durch die Grünanlage entschuldigt sich Markus für die vergangene Nacht. Da nichts passiert ist, was ich nicht auch gewollt hätte, lehne ich seine Bedenken ab. Außerdem sprach Markus gestern von Liebe. Jetzt fragt er, wie es weitergehen soll und ich antworte, dass wir es ja miteinander versuchen könnten. Die Begegnung mit Gregor vor Augen, weiß ich, dass ich wesentlich mehr Zuneigung für Markus empfinde und hoffe, dass dies ausreichen wird. Markus wirkt erstaunt, willigt aber auf meinen Vorschlag ein.

Sonntag, der 25. Juni

Ein Volleyballturnier außerhalb der Stadt. Judith, eine Sozialarbeiterin unseres Jugendhauses, trainiert bereits seit Wochen mit Marlene, Lydia, Natalia, weiteren Mädchen und mir und ist trotzdem erstaunt, als ihre Frauenmannschaft über all die anderen, meist männlich besetzten, siegt. Andere gönnen uns weniger den Erfolg und es ist Sibille, die fotografiert und entgegen ihrer sonstigen zurückhaltenden Art, lautstark auf die Provokationen der Freundinnen unserer Gegner eingeht, so dass wir sie zurückhalten müssen, um keinen Ärger zu bekommen.

Gold, ein Pokal und Schwarz-Weiß-Fotos, ausgestellt in der Vitrine unseres Jugendhauses. Ich betrachte die Aufnahmen ein paar Tage später, sehe mich aus der Nähe - ernst mit Zigarette in der Hand - und erinnere mich an Andie, daran wie ich in diesem Moment gedacht habe, dass er stolz auf mich sein könnte, denn ich hatte gut gespielt.

Dienstag, der 27. Juni

„Dear Wanda,
Alone in your room and there is no way to see the end. Right now, you're feeling lost and lonely but believe me nothing stays the same. Try to look around you even if you haven't seen a shooting star for a while. j'm always on your side, now and when your dreams come true. We'll have our own time and we'll dance in the morning sun. Wanda be good to yourself, because nobody else will if you're not. Wrote by a friend who's trying to find his old friend back. "

„Art thou pale for weariness

Of climbing heaven and gazing on the earth, Wandering companionless

Among the stars that have a different birth, And ever changing, like a joyless eye

That finds no object worth its constancy?" (Percy Busshe Shelley).

Najib lernte seinen „old friend" im Sommer vor zwei Jahren kennen. Wie aus dem Nichts stand er plötzlich vor mir und fragte, ob ich mit ihm Rad fahren wolle. Von seiner Direktheit überwältigt, willigte ich ein, wunderte mich aber über den Jungen neben mir, der erzählte, nachts im Hotel zu arbeiten und tagsüber in die Schule zu gehen. Auch wunderte ich mich darüber, dass er sich nicht überrascht zeigte, als wir feststellten am gleichen Tag, er lediglich ein Jahr zuvor, geboren zu sein. Auf meine Gesellschaft schien er allerdings wert zu legen, denn fortan machte er es sich zur Gewohnheit, von der Bibliothek ausgeliehene Bob-Dylan Kassetten in meinen Briefkasten zu werfen, die ich ihm danach fristgerecht zurückbringen sollte.

Donnerstag, der 29. Juni

Bistro am Palmengarten. Neben Markus und seinen schicken Kollegen aus dem Hotel treffe ich auf einen netten dicken Roland, der sich als Ex-Klassenkamerad von Patrick herausstellt. Nachdem er mich über meinen Nachnamen identifiziert hat, spricht er mir sein Beileid aus und geschockt aber interessiert höre ich ihm zu, wie er Geschichten über Patrick und seine Klasse erzählt. Verwundert bin ich darüber, dass Patrick in der Schule zurückhaltend gewesen sein soll. Noch mehr erstaunt mich aber, dass Roland unserer Beerdigung beigewohnt hat. Er sagt, er stand ein paar Meter abseits und ich denke, dass es seltsam ist, dass etwas, das in unmittelbarer Nähe geschieht, nicht wahrgenommen wird. Roland und ich unterhalten uns lange und als ich mich von ihm verabschiede, bin ich ein wenig erleichtert, denn für einige Augenblicke dieses Abends war ich nicht allein.

Samstag, der 1. Juli

80er-Musik im Sinkkasten und Marlene, Lydia und ich spielen Billard im angegliederten Café. Gerade am Zug, flüstert Lydia mir zu, dass ein Junge unserer Schule unaufhörlich in meine Richtung blickt und ich schaue zu ihm herüber, bemerke, dass er auch jetzt seine Augen nicht abwendet. Irritiert widme ich mich erneut unserem Spiel zu und sehe fortan nur noch verstohlen zu ihm hin.

Später treffe ich den blonden Jungen auf der kleinen Treppe, die zum Billardtisch führt. Ich bin mutig und frage ihn, ob wir uns von der Schule her kennen und als ob er lediglich darauf gewartet hat, bietet er mir einen Platz neben sich auf den Stufen an. Ich setze mich zu ihm und erfahre, dass er mich bereits seit Wochen beobachtet und dass ich ihm zunächst über meine starke Persönlichkeit aufgefallen bin. „Jetzt aber", so spricht er langsam weiter, „habe ich einen völlig anderen Eindruck..." und von seiner Offenheit berührt, beginne auch ich zu sprechen, ohne dass ich es gewollt habe, erzähle von Patrick, meinem Bruder, davon, was geschehen ist und wie es mir seither ergeht. Erst danach gehen wir dazu über uns vorzustellen und ich höre, dass der Fremde Philipp heißt. Philipp begleitet mich später zur U-Bahn-Station und als die Türen sich vor mir fast verschlossen haben, ruft er durch den kleinen, noch freien Spalt hindurch, dass er mich gerne nächsten Samstag wiedersehen würde.

Sonntag, der 2. Juli

Markus sagt in letzter Minute unsere Verabredung ab und erklärt, dass er aufgrund einer zusätzlichen Schicht, die er übernehmen musste, zu müde für ein Treffen sei. Ich lasse mir meine Enttäuschung nicht anmerken, denke aber, dass auch er nicht wirklich in mich verliebt sein kann.

Montag, der 3. Juli

Ich habe Bauchschmerzen und meine Ärztin hat mich krankgeschrieben. Meine Mutter rät mir Ablenkung und schlägt einen Besuch bei ihrer Schwester vor, die - wie sie betont - gern für mich da sein möchte. Ich lasse mich überreden und tatsächlich fühlt es sich danach gut an mit Mirella und ihrer Familie - ihrem Ehemann und den zwei Kindern, mit denen sie zusammen in Nähe von Marburg ein Haus bezogen hat - die Zeit zu verbringen. So genieße ich es vormittags mit ihr durch die kleinen Gassen spazieren zu gehen oder abends mit meinem zwei Jahre jüngeren Cousin David und seinem Vater Tischtennis im Garten zu spielen. In unserer Konzentration vergessen wir fast über Jennifer zu lachen, meine fünf Jahre junge Cousine, die sich einiges einfallen lässt, um unsere Aufmerksamkeit zu erregen, Mittelpunkt zu werden und unser Spiel zu unterbrechen. Höhepunkt meines Aufenthalts wird jedoch das Motorradfahren mit Dieter, der mich nachmittags gleich zweimal zu einer kleinen Tour einlädt. Nachbarn im Ort erscheint dies sofort verdächtig und sie flüstern Mirella zu, dass sie glauben, dass Dieter eine Affäre hat. Bei einem Glas Wein müssen wir gemeinsam darüber lachen und ich wundere mich, dass den aufmerksamen Beobachtern der Altersunterschied zwischen Dieter und mir nicht aufgefallen ist.

Am dritten Tag meines Aufenthalts überreicht der Briefträger mir einen Brief von Najib und hält seine Verwunderung darüber nicht zurück, dass ich umgehend Post aus Frankfurt erhalte:

„Dear Wanda,

please keep your dreams and don't spend too much time hanging on your memories. They'll bring you on the saddest side of life. j'm gonna leave this world for a while because j'm standing in the shadow of a broken heart. And there is nothing in the universe that hurts more than a broken heart. "

„I wandered lonely as a cloud
That floats on high o'ver vales and hills,
When all at once I saw a crowd,
A host, of golden daffodils;
Beside the lake, beneath the trees,
Fluttering and dancing in the breeze" (William Wordsworth).

Seitdem Najib seinen Führerschein gemacht hat, fühlt er sich freier. Oft ist er mit seinem Auto unterwegs und fährt in die Natur hinaus. Er unternimmt lange Spaziergänge im Wald und überdenkt sein Leben. Er beschreitet neue Wege und ist für niemanden zu finden.

Donnerstag, der 6. Juli

Nachts schreibe ich in das Buch, das ich für Patrick eingerichtet habe und erzähle von dem Glück, das ich bei Mirella und ihrer Familie antreffe - ein Glück, das ich schätze, mit dem ich aber nichts anfangen kann. Die Vorstellung in einem Dorf zu leben, nichts außer Landschaften und älteren Menschen um mich herum, lösen in mir Gefühle von Niedergeschlagenheit und Enge aus und ich weiß, dass ich auf diese Weise keine Familie haben möchte. Patrick hingegen muss dies anders gesehen haben, denn gern besuchte er Mirella, auch als er bereits jugendlich war. Gemeinsam mit ihr meisterte er den Alltag, ging einkaufen, schenkte ihr Unterhaltung beim Kochen oder kümmerte sich liebevoll um Jenny, alberte mit ihr herum und begleitete sie zu ihrem Lieblingsspielplatz mit großer Rutsche, der am Rande des Waldes gelegen ist. Außerdem, so erzählte er mir, genoss er die Abende mit Dieter, an denen er mit ihm über seine Zukunft gesprochen hat - Dieters Vorschlag einen Meister zu machen, der ihn begeisterte - oder auch das Diskutieren über Fußball, Politik oder andere gesellschaftliche Themen.

Die Erinnerungen treiben mich hinaus in den Garten und ich rauche. Mittlerweile habe ich mich an mehrere Zigaretten am Tag gewöhnt. Sie geben mir Halt und für mindestens sieben Minuten weiß ich, was ich tue... Dieter sieht mir dabei manchmal zu und fragt argwöhnisch, ob ich mir nicht besser Schokolade angewöhne - auch um etwas mehr auf die Waage zu bringen.

Samstag, der 8. Juli

Die Nacht zu meinem achtzehnten Geburtstag. Ich verbringe sie mit Marlene, Natalia und Lydia im Sinkkasten und bin überrascht, als meine Freundinnen mir um Mitternacht ein Ständchen vortragen.

Zu ihnen gesellen sich Peter und Sebastian, die jungen Männer vom Maxims, die ich zuvor schon an der Bar getroffen habe. Der kleinere Braunhaarige kam dort auf mich zu und verwechselte mich mit Lydia und auch ich hielt ihn fälschlicherweise für Peter, obwohl er sich damals mit Sebastian vorgestellt hatte.

Zuvor war ich auf Philipp gestoßen, der heute halblange braune Hosen, Kniestrümpfe und feste Schnürstiefel trägt und den ich in seiner Aufmachung als fremdartig und doch interessant erlebte. Ich setzte mich zu ihm auf die Stufen, auf der wir auch letzte Woche schon saßen und Philipp erzählte diesmal, dass er in seiner Freizeit schreibt. Er fragte, ob ich möchte, dass er mir etwas vorliest und ich hörte ein Stück über 'Liebe und Triebe', das mich an die Lieder von Konstantin Wecker erinnerte. Ich sagte, dass ich so nicht schreiben kann und er schlug mir vor, uns auszutauschen und setzte in grüner Tinte seine Adresse, ohne Telefonnummer, auf ein Blatt Papier. Im Gegenzug gab ich ihm meine, ergänzte um eine Telefonnummer, doch strich er diese durch, sagte, dass er mit Menschen, die er kaum kennt, nicht telefonieren kann.

Kurz vor Abfahrt der letzten Bahn in unsere Richtung und mein nun achtzehnjähriger Körper bewegt sich neben Marlene zu den Klängen von 'Jack and Diane', John Cougar Mellencamp, die Liebesgeschichte der „Two American kids", die zu meinen Lieblingen zählt. Dabei schiele ich unaufhörlich zum Eingang hin und wünschte, dass Andie mich jetzt sehen könnte.

Sonntag, der 9. Juli

Sibille überrascht mich mit einem hübschen, von ihr aus Ton gefertigten Clown und ich freue mich über das liebevoll bereitete Geschenk. Später schaut auch Lotta bei mir vorbei und trifft auf Najib, der ebenfalls Geburtstag hat und mit Jens - einem ehemaligen Schulkameraden und dem einzig mir bekannten Freund - zu Besuch gekommen ist. Zwischen Käsekuchen und Sekt entsteht eine Diskussion um Heavy Metal und Charlotte zeigt sich dabei als besonders diskussionswütig und schleudert Jens, der innerhalb der Gruppe ohnehin über sein langes gestuftes Haar heraussticht, die Worte „die schütteln sich mit ihrem langen zerzaustem Haar die letzten Gehirnzellen aus dem Kopf" entgegen. Lediglich mein Cousin David, den Dieter heute Morgen zu mir gefahren hat, schlägt sich zu meinem Erstaunen auf Jens' Seite und wirft Charlotte schlicht Übertriebenheit vor.

Am Abend schaut Markus bei mir vorbei und überreicht im weißen Hemd die Platte 'Full Moon Fever', Tom Petty, dessen Song 'Free Fallin', die Stimme sowie herausgehörte Worte um das Fallen ins Nichts oder das zeitweilige Verlassen dieser Welt, mir in nächster Zeit ein besonders tröstendes und freies Lebensgefühl vermitteln wird.

Montag, der 10. Juli

Seit Jahren bewahre ich die persönlichen Briefe und Karten meiner Freunde und Familie in einem von mir beklebten Schuhkarton auf. Ausdruckstarke Gesichter zieren die schwarze Schachtel, in der ich heute die Geburtstagskarte von Marlene dazulege. Ich möchte den Deckel schon wieder schließen, als mir ein Umschlag auffällt, auf dem mein Name steht. Da ich Kuverts stets aussortiere, bin ich überrascht. Ich öffne es und schaue auf bunte Buchstaben, die ein Happy Birthday formen. Ein Sektkorken knallt durch ihre Mitte. Ich drehe die Karte herum und finde Geburtstagsgrüße von Patrick vor. Ich denke, dass es Jahre her sein muss, ich das Motiv vergessen habe, doch dann springt mir die Zahl 18 ins Auge, die unterstrichen ist: „Wanda, zu deinem 18. Geburtstag und alles Gute im neuen Lebensjahr wünscht dir Patrick." Mir wird schwummrig, schlecht, zum Brechen und ich frage mich, wann er die Karte dazu gelegt hat, bevor ich zu weinen beginne, erst stumm, dann schluchzend, begraben unter meiner Bettdecke. „Jetzt weiß ich, Patrick, dass Du möchtest, dass ich weiterlebe, doch wie mit all dieser Grausamkeit?"

Dienstag, der 11. Juli

Ich sitze in der Küche bei einem Französischreferat, als das Telefon klingelt und meine Mutter mir den Hörer überreicht. Sie sagt, dass ein Sebastian mich sprechen möchte und ich melde mich erstaunt, weiß aber bereits, wer am anderen Ende ist. Sebastian begrüßt mich und erklärt, dass er meine Nummer über Lydia bekommen hat und ich denke darüber nach, ob sie mich nicht erst hätte fragen sollen. Dann verwerfe ich den Gedanken und komme mit Sebastian über das Thema meiner Französischarbeit - A.S. Neill und seine antiautoritäre Schule in Summerhill - auf Frankreich allgemein, auf die Gemütlichkeit und Genussfähigkeit der Franzosen, zu sprechen. Ich erzähle von meiner im letzten Jahr mit einer Jugendgruppe unternommenen Radtour ins Zentralmassiv und erfahre von Sebastian, dass auch er schon öfters in Frankreich im Urlaub gewesen ist. Da das Gespräch sich nett, fast vertraut anfühlt, lasse ich mich auf eine Verabredung ein. Wir einigen uns auf Freitag und eine Bar in Nähe des Hauptbahnhofs, die ich vom Namen her über meine Tante und meinen Onkel kenne. Von Rockern, die auf Motorrädern vorfuhren, erzählten sie einst stolz Patrick und mir und von Ausgelassenheit, Ausgeflippten, die auf Bänken, Stühlen und Tischen tanzten und an einem Abend nicht genug bekommen konnten.

Am frühen Abend treffe ich vor dem Einkaufsmarkt auf Betty, die in unserem Jugendhaus arbeitet. Ich trage eine weite Stoffhose, eine enge Bluse und eine Kappe - alles in schwarz - und Betty wird Tage später sagen, dass ich sie, so ganz in schwarz, beeindruckt habe. Betty war nach Patricks Tod die einzige Betreuerin, die mich auf meine Situation hin ansprach.

Donnerstag, der 13. Juli

Im Sinkkasten treffen Marlene, Lydia und ich erneut auf Sebastian, mit dem ich heute länger an der Bar sitze. Ich erfahre, dass er älter als ich ist, sein Abitur bereits im letzten Jahr gemacht hat, sich danach zu einer Zimmererlehre entschloss, bevor er dann zu mir übergeht und mich unvorbereitet die Frage nach Geschwistern trifft. Mir wird heiß, ich beginne zu stammeln, weiß nicht, ob ich ja oder nein sagen soll, entscheide mich letztlich aber für die Wahrheit und spreche leise aus, dass mein Bruder sich vor kurzem das Leben genommen hat... Danach Stille, eine Pause, die mir in ihrer Länge unendlich erscheint, gleichzeitig die aufgerissenen Augen im Gesicht meines Gegenübers und ich nehme mir tief im Innern vor, die Frage in Zukunft einfach zu verneinen - selbst auf die Gefahr hin meinen Bruder damit unrecht zu tun, ihn zu verleugnen, so zu tun, als ob es ihn nie gegeben hätte.

Auch Philipp sehe ich heute wieder, doch diesmal wirkt er ernst und zurückhaltend und konzentriert sich eher auf das Ziehen seines Tees als auf mich als Gegenüber. Irgendwie ist alles anders und noch stiller wird es nachdem Sebastian sich vor Philipp unserer morgigen Verabredung vergewissert. Philipp schaut mir tief in die Augen und seinen Blick kaum aushaltend, löse ich mich, indem ich mich verabschiede und auf die letzte Bahn verweise. Er nickt und seinen Blick in meinem Rücken, drehe ich mich nicht mehr zu ihm herum, weiß jedoch, dass ich mich für einen Abschied entschieden habe.

Freitag, der 14. Juli

Auf dem Weg zu meiner Verabredung und Andie geht mir nicht aus den Kopf, denn für die Zeit der Sommerferien werde ich ihn nicht sehen. Sebastian und ich treffen uns in der Innenstadt am Brunnen auf der Zeil und ich achte darauf, mich für fünf Minuten zu verspäten, bevor ich in Jeans und meinen flachsten Schuhen dort auftauche. Für die Ballerina habe ich mich entschieden, da ich Sebastian als etwas kleiner als mich einschätze. Sebastian wartet bereits auf mich und trägt eine Staude, ein weißes Hemd, das zu seiner Zimmermannskluft gehört. Wir gehen in die zuvor ausgewählte Bar und während es anders als vorgestellt dort erstaunlich ruhig ist - Musik aus den 60igern und 70igern in dem nahezu leeren Raum im Hintergrund spielt -, höre ich Sebastian zu, wie er von seiner Lehre erzählt, der Herausforderung bei Wind und Wetter auf einem Dach zu stehen oder der Genugtuung, wenn eine Arbeit beendet ist. Zwischenzeitlich beobachte ich das Strahlen seiner braunen Augen, dazu die feinen Sommersprossen, die sich von dem Hell seines Hemdes abheben.

Ein paar Gläser Apfelwein später stehen wir vor der Riesenbaugrube, die sich an die Bar anschließt und die bald einem Bürogebäude weichen wird. Abenteuerlustig ziehe ich die Absperrbänder zurück und wage mich nahe an die Tiefe heran, gefolgt von Sebastian, der meint auf mich aufpassen zu müssen. Von hinten die Arme um meine Schultern legend, lasse ich es für einen Moment lang zu, löse mich aber, als er mich zu sich ziehen möchte, indem ich auf Markus, meinen Freund, verweise. Schon zuvor habe ich von ihm erzählt und Sebastian antwortet nicht, sagt erst später wieder etwas als zwei Männer - ungepflegt - uns auf dem Weg zum Auto entgegenkommen. Aus seinen Blicken folgert er, dass sie am liebsten nach meinem Preis gefragt hätten und ich ekle mich, bin gleichzeitig jedoch stolz darauf, dass Sebastian mich für begehrenswert hält.

In seinem roten Golf fährt Sebastian mich nach Hause. Als ich ihm bei einer Abbiegung nicht rechtzeitig Bescheid gebe, raunzt er mich an und ich empfinde seine Reaktion als abstoßend und übertrieben. Gelungener ist dann die Verabschiedung, denn ich erzähle ihm, dass ich in nur ein paar Stunden über ein Austauchprogramm unseres Jugendhauses nach Birmingham fliegen werde und bereits aus dem Auto gestiegen, ruft er mir hinterher, dass ich mir etwas Schönes kaufen soll. Angekommen in meinem Zimmer lege ich dann 'Another Side Of Bob Dylan' auf, fange an zu packen und genieße die Aussicht auf die vor mir liegende Reise.

Samstag, der 15. Juli bis Samstag, der 22. Juli

Gemeinsam mit Marlene, Sibille und anderen Jugendlichen unseres Jugendhauses auf dem Frankfurter Flughafen. Mit uns die Betreuer, zwei Männer, die in Begleitung ihrer Frauen reisen. Ich freue mich, doch gleichzeitig ist mir mulmig zumute, denn auch Markus fliegt mit und meine Freundinnen wissen nicht um uns. Außerdem denke ich seit gestern, dass ein Mann wie Sebastian besser zu mir passen würde, wenngleich ich nicht in ihn verliebt bin. Im Flugzeug setze ich mich neben Marlene und genieße rauchend das Starten und das 'Hoch-in-der-Luft sein'. Es ist mein erster Flug und ich habe keine Angst.

Pünktlich in Birmingham, steigen wir in einen VW-Bus ein, der uns über die Autobahn zu unserer Unterkunft bringt. Das Hotel liegt etwas außerhalb und unsere Betreuer raten uns, in der Dunkelheit das Gelände nicht zu verlassen. Marlene und ich schleichen uns trotzdem am ersten Abend aus unserem Zimmer heraus und rufen von einer Telefonzelle aus, Florian, ihren Freund, an, den sie kürzlich auf einem Straßenfest kennengelernt hat. Zurück im Hotel, erwartet mich Markus, den ich bisher gemieden habe. In der Vorhalle bittet er mich auf einem Sofa Platz zu nehmen und sagt, dass er es sich bereits denken kann. „Allerdings", so spricht er weiter, „will ich dich als Freund nicht verlieren." Glücklich darüber, dass er es mir so einfach macht, lächle ich ihn an und fühle mich das erste Mal seit heute Morgen unbeschwert. Gemeinsam laufen wir die kleine Halle entlang und ich bin froh meinen 'alten' Markus - den Freund und Kameraden - zurückgewonnen zu haben.

In einem Jugendzentrum treffen wir die Jugendlichen des Austausch-programms wieder, die wir bereits im Frühjahr in Frankfurt kennen-gelernt haben. Zumeist indischer oder pakistanischer Abstammung, begreifen wir ihre Lebensumstände erst hier. Aufgewachsen in einem Ghetto, das wir nicht besuchen werden, erzählen sie von Fremden-feindlichkeit, Unterdrückung und von „fights". Zudem wird mir jetzt erst bewusst, dass wir es ausschließlich mit Jungen zu tun haben und ich denke, dass Mädchen innerhalb ihrer Familien für unser Pro-gramm nicht vorgesehen sind.

Außer den Engländern treffen wir auf John, einen Iren, der im Ju-gendhaus arbeitet und der mit Mitte zwanzig kaum älter ist als die Jugendlichen, die er betreut. John fällt mir zunächst über die vielen Witze auf, die er reißt und die ich nicht komisch finde. Erst als ich ihn in unserem Hotel erlebe, wie er einen englischen Geschäftsmann spielt, der ständig das Wort „Fuck" in den Mund nimmt, finde ich ihn sympathisch. Auch seine kleine, stämmige und rothaarige Gestalt wirkt nun weniger blass auf mich als zuvor. Ich verbringe viel Zeit mit ihm und bin auch bei offiziellen Anlässen an seiner Seite. Der wichtigste davon ist die Einladung des Bürgermeisters unserer Aus-tauschgruppe und interessiert beobachte ich wie John auf den in die Jahre gekommenen, gekrümmten Mann zugeht, der mir über seine mächtige Nase und die große Hornbrille auffällt, die seine Augen stark hervortreten lässt. Unwillkürlich erinnert er mich an die Darstellung des bösen Wolfs in den Märchenbüchern meiner Kindheit - der Wolf im Bett liegend, dem armen Rotkäppchen Alter und Gebrechlichkeit vorspielend. So kann ich mir ein Schmunzeln nicht verkneifen, als John seine humorvollen politischen Anspielungen einbringt und der alte Mann so tut, als ob er ihn akustisch nicht verstehe. Außerdem begleitet John unsere Gruppe in ein indisches Restaurant und auch hier bin ich sehr von ihm angetan. Insbesondere gefällt mir die Be-stimmtheit, mit der er Sibille dazu auffordert, den Platz neben mir für ihn frei zu machen. An seiner Seite genieße ich es danach das lange dünne Brot zu brechen und verschiebe sogar die Gedanken um die Kalorien. Johns Anwesenheit vermag mich zuweilen so sehr einzunehmen, dass ich mich richtig glücklich fühle, zum Beispiel in einer großen Parkanlage, in der er mich unaufhörlich zum Lachen bringt, indem er den rührseligen Trottel spielt. Gerade in den letzten Tagen unserer Reise weicht er kaum noch von meiner Seite und selbst in dem Moment, da ich aus einem seltsamen Impuls heraus die Geschichte um einen eifersüchtigen Ehemann und viele Kinder erfinde, ist er nachsichtig und erzählt von einem Jugendlichen, der wirklich seine Hilfe gebraucht hätte. „But", so spricht er weiter, „I couldn't help, because I came too late." Den Satz ausgesprochen, sieht er mich länger traurig an. Ich erwidere seinen Blick und denke, dass er nicht ahnen kann, wie sehr ich das verstehe.

'Where do you go to' von Peter Sarstedt, eines meiner Lieblingslieder im Radio des VW-Busses, der uns durch die englische Landschaft führt. Neben mir John und aus dem Fenster schauend, empfinde ich Trauer und Freude zugleich und das irritierende Gefühl, dass mein Leben in Zukunft auch ohne Patrick und Andie weitergehen kann. Verlassen muss ich in naher Zukunft jedoch John, der mir bei der morgigen Verabschiedung kaum in die Augen sehen wird, denn John ist verheiratet und seine Frau - klein, blond, hübsch - begleitet ihn an diesem Tag. Wissend, dass dies die letzte Geste ist, die mir von ihm in Erinnerung bleibt, werde ich mich ganz leer fühlen und all die anderen, mit ihm erlebten Momente erscheinen plötzlich so ungeschehen.

Meine Freundinnen haben in England ebenfalls Anschluss gefunden und so treffe ich Sibille oft mit Ryan, einen der englischen Jungs, der über sein hübsches Aussehen - groß, sportlich, dunkles, sehr kurzes Haar und der Ansatz eines Bartes - innerhalb seiner Gruppe heraussticht. Damit passt er gut zu Sibille, die auch groß und sportlich ist und mit ihren hellbraunen Haaren und hellbraunen Augen einen schönen Kontrast zu ihm bildet. Ihre Liebelei offenbart sie jedoch erst am letzten Tag, als wir mit der Tube nach London Heathrow fahren und sie sich zwischen dunklen Tunnelwänden und den vielen Passanten in leidenschaftlicher Umarmung zeigt. Im Nachhinein wirkt die Szene dann skurril, da Sibille wenige Stunden später nur, auf dem Frankfurter Flughafen, genauso heftig William, ihren Freund, begrüßt. Sibille brachte mich in diesem Urlaub schon zuvor zum Staunen, denn ich sah sie, die nie einen Tropfen Alkohol trinkt, glücklich und weintrinkend in einem Pub an Ryans Seite. Auch war ich erstaunt, als sie mir erzählte, dass sie beim Empfang des Bürgermeisters zehn Sandwiches gegessen hat. Insgeheim bewunderte ich sie dafür, denn Sibille ist schmaler als ich. Marlene hingegen lässt sich auf einen Jungen unserer Gruppe ein, Mario, der zufälligerweise ein Klassenkamerad meines Bruders gewesen ist. Auch hier entwickelt sich eine befremdende Szene, denn als Mario Marlene auf dem Frankfurter Flughafen mit einem Gepäckwagen schiebt, wirft sich ihm überraschend, von der Seite her, seine Freundin in die Arme, so dass Mario den Wagen loslässt und Marlene, die dies nicht mitbekommen hat, verlassen ein Stück weiterrollt.

Der letzte Tag unserer Reise ist aber auch aus anderen Gründen aufregend, denn zum ersten Mal in unserem Leben sehen meine Freundinnen und ich London - wenngleich nur für wenige Stunden. In unserer Gruppe bahnen wir uns unseren Weg durch die überfüllte Innenstadt und ich schaue interessiert in die Gesichter, die auf uns zukommen und frage mich, wie es sich wohl anfühlt in einer Weltstadt wie dieser zu leben. Auffällig ist für mich hier die Vielfalt, Menschen unterschiedlicher Herkunft und unterschiedlicher Kleidung und Stils, aber auch die besondere Geschäftigkeit der Stadt. Ein Bild beeindruckt mich an diesem Tag ganz besonders: ein junges Paar in einer Grünanlage, er, groß, blond und im grauen Anzug, neben ihr, die indisch aussehend, barfuß und im Minirock eine ganz besondere Schönheit ausstrahlt.

In dieser Grünanlage ist es auch, wo wir ein Abschlussfoto schießen und zurück in Deutschland schaue ich mir die einzelnen Gesichter noch einmal näher an. Die meisten der Jugendlichen leben genau wie ich schon lange im Ring und mit fast allen von ihnen verbinden mich Erinnerungen, wenngleich nicht immer positiver Art. So verharrt mein Blick auf Robbie, der mir Jahre zuvor einmal Angst und Schrecken eingejagt hat, indem er mir mein geliebtes Rennrad wegnahm und sagte, dass ich es erst wiederbekäme, wenn ich ihm „Phinos", Zungenküsse, dafür gebe. „Andernfalls", so warf er ein, „fahre ich es kaputt." Instinktiv ahnend, dass ich mich hier nicht erpressbar zeigen durfte, schaute ich danach zu, wie er mit meinem Rad Vollbremsungen veranstaltete und es letztlich gegen eine Wand schmiss. Die Tränen unterdrückend, dachte ich damals an meine Mutter und meinen Bruder und dass auch sie mir jetzt nicht helfen konnten, denn Robbie gehört zu dem Clan der 'Zigeuner' und ich hatte sofort kapiert, dass sie ihre eigenen Regeln lebten. Im Englandurlaub lernte ich Robbie dann von einer anderen Seite kennen und zunächst ihm gegenüber sehr vorsichtig, begann ich bald seine Anwesenheit zu mögen, insbesondere aber seinen trockenen Humor. Vielleicht, so folgere ich, ist seine Wandlung auch der Verdienst seiner ihn in England begleitenden netten Freundin, die ich kürzlich über unsere Volleyballmannschaft kennengelernt habe. Mein Blick wandert weiter an den Rand des Fotos, zu Peter, der mich auf andere Weise beschäftigt, denn bereits seit Entstehung des Rings in der Jugendarbeit tätig, ist er - groß, breitschultrig und mit dunkler Stimme - einer der wenigen, der Respekt gerade von den männlichen Jugendlichen genießt. Auf die Reise hatte er seine auffallend attraktive Frau mitgenommen, die Lehrerin an einem Gymnasium für Englisch und Geschichte ist und die dementsprechend Marlene und mich gleich zu Beginn des Austausches dazu angeleitet hatte uns ausschließlich auf Englisch zu unterhalten. Motiviert nahmen wir ihren Vorschlag auf, hielten ihn jedoch nicht lange durch.

Sebastian

Sonntag, der 23. Juli

Auf der Couch, in meinem Zimmer liegend, höre ich das Telefon klingeln. Mein Onkel Marius ist zu Besuch und meine Mutter unterbricht das Gespräch und hebt den Hörer ab. Mich rufend, habe ich bereits ihrem Tonfall entnommen, dass es Sebastian ist, auf dessen Anruf ich bereits gewartet habe. Gleichzeitig war ich nicht sicher, ob er anrufen würde oder ob ich mir wünschen sollte, dass er es täte. Zunächst ist mir seltsam zumute, doch als ich mit ihm spreche, ist es gut. Wir verabreden uns für nächsten Mittwoch.

Mittwoch, der 26. Juli

Erneut treffen wir uns am Brunnen der Zeil, aber diesmal trage ich schwarze Sandalen mit kleinem Absatz, denn bei unserer ersten Verabredung habe ich herausgefunden, dass Sebastian doch ein Stück größer als ich ist. Wir begrüßen uns mit einem Kuss auf die Wange und während eines Spaziergangs am nahe gelegenen Main entlang, macht Sebastian mich auf einen alten Eisenkran aufmerksam, der mir zuvor nicht aufgefallen ist. Ich hingegen erzähle ihm von England, auch, dass ich mich dort von Markus getrennt habe.

Auf der anderen Seite des Flusses treffen wir uns mit Marlene und Florian, denn unter freiem Himmel möchten wir 'African Queen' anschauen. Zu viert legen wir uns in die Menge und ich befinde mich zwischen Marlene und Sebastian, der während des Films meine Hand ergreift. „Kathrin Hepburn und Humphrey Bogart auf einem heruntergekommenen Schiff", so denke ich, „findet er scheinbar romantisch", doch ich bin mir nicht sicher, fühle keine Nähe zu den

Figuren... Als ich zur Toilette muss, begleitet mich Sebastian und wir bahnen uns einen Weg durch die vielen Menschen hindurch. Arm in Arm kommen wir dem Ufer sehr nahe und erweisen uns trotz unserer Angetrunkenheit als balanciersicher.

Nach dem Film laufen Sebastian, Marlene und ich Richtung Innenstadt zurück. Vor einem Brautgeschäft stoppen wir und Sebastian schaut auf die Auslagen des Schaufensters und sagt, dass er niemals im Leben heiraten wird. Wir verabschieden uns und ich finde seine Bemerkung daneben - obgleich ich noch immer nicht in ihn verliebt bin.

Freitag, der 28. Juli

Sebastian und ich nicht weit der Wohnung meines Vaters im Frankfurter Nordend unterwegs. Eingekehrt in eine von Sebastian empfohlene Kneipe, bekommen wir hier anstatt der üblichen Brezeln Gummikrokodile zum Apfelwein serviert und ich denke an Marlene, daran dass es ihr hier gefallen würde, denn sie hat eine Vorliebe für diese Art von Süßkram. Nach der Schule kaufen wir am Kiosk des Öfteren eine kleine Tüte davon und streiten insbesondere um die grünweißen Gummifrösche.

Später entdecken Sebastian und ich ein neu erbautes Hochhaus, das nicht fertiggestellt ist. Neugierig zieht es uns nach innen und wir zählen 18 Stockwerke, während wir die vielen, provisorisch, aus Holz gefertigten, Stufen des Treppenhauses hinaufsteigen. Auf der Plattform angekommen, zieht es mich an den Rand, der noch nicht abgegrenzt ist. Sebastian stellt sich hinter mich und gemeinsam schauen wir auf eine Nacht in Frankfurt. Ich sehe Straßen und Gebäude und denke, wie bedeutungslos doch alles aus dieser Perspektive wird. Ich erkenne Punkte, Menschen, die bald wieder verschwinden und mich überfällt die Sehnsucht, es ihnen gleich zu tun. Sebastian, der meine Gedanken zu erfühlen scheint, rückt näher an mich heran und seine

Geste erinnert mich an Patrick, meinen Bruder, wie er ebenfalls auf einem Hochhaus, das nicht annähernd so hoch wie dieses war, hinter mir stand. Abbruchreif wurde es von Obdachlosen genutzt und auch hier war es die Abenteuerlust, die uns gemeinsam mit Freunden auf die Plattform trieb. Patrick hatte seine Hand fest an meiner Schulter, bat mich zurückzutreten und ich wunderte mich, dass er Angst zeigte, wo ich doch keine verspürte. Auf dem Weg nach unten fragt Sebastian, ob ich mir eine Beziehung mit ihm vorstellen kann, aber unvermittelt denke ich an Andie und halte mich in meiner Antwort vage.

Von einer Telefonzelle aus versuche ich meine Mutter anzurufen, um ihr zu sagen, dass ich bei Sebastian übernachten werde. Ich verwähle mich und eine verschlafene Männerstimme meldet sich. Während ich mich entschuldige, kann ich mir ein Lachen schwer verkneifen und ich schaue zu Sebastian, dem es ähnlich ergeht. Sebastian wohnt mit seinen Eltern und Geschwistern in einem Stadthaus ganz in der Nähe und ich bewundere die hohen Decken, als wir in die Wohnung und sein Zimmer eintreten. Überall liegen Sachen herum, doch die sind es nicht, die mich stören, sondern Sebastians Füße, die, als er seine Turnschuhe auszieht, stark riechen. Zu gehemmt, um es ihm zu sagen, hoffe ich vergebens, dass er es selbst bemerkt, doch stattdessen beginnt er mich zu küssen und aufs Bett zu ziehen. Seine Umarmungen erwidernd, denke ich, dass ich den Geruch bald nicht mehr wahrnehmen werde.

Am nächsten Morgen fühle ich mich ein wenig fremd, jedoch auf angenehme, aufregende Art und Weise. Mich aus dem Haus schleichend während Sebastians Familie noch schläft, versuche ich dieses Gefühl festzuhalten, indem ich Brötchen kaufe und bei meinem Vater klingle. Gerne möchte ich ihm von meiner erlebten Unmittelbarkeit etwas abgeben, doch ist er nicht da oder öffnet nicht die Tür. Ich fahre nach Hause und denke, dass es vielleicht besser so ist.

Samstag, der 29. Juli

"Dear Wanda,
if your world comes crashing down, if you need comfort but when
you can't find, if you're lonely, you can always count on me. When
nobody listens to you, j'm the one you can call night and day, 'cause j
want the chance to prove that our friendship is true."
"Friendship, a dear balm…
A smile among dark frowns: a beloved light: A solitude, a refuge, a
delight" (Percy Bysshe Shelley).

Dienstag, der 1. August

Meine Oma wird 60 Jahre alt, doch möchte sie wegen Patricks Tod
nicht feiern. Genau wie meine Mutter, die im April 39 Jahre alt geworden ist. Marius, Mirella und Marie haben sich am heutigen Tag
dennoch dazu entschlossen, meine Großeltern zu besuchen und so
sitzen wir am Nachmittag gemeinsam um den von Marius mitgebrachten Kuchen herum. Oma zeigt sich erfreut, aber es kommt zunächst
keine Stimmung auf. Erst gegen Abend wird es gelöster und Mirella,
Opa und David spielen Scrabble während Marius, der bereits mehrere
Bier getrunken hat, von Patrick und seinen sonntäglichen Vormittagen
mit ihm auf dem Fußballplatz erzählt. Er beschwört, wie talentiert er
gewesen ist und beschreibt den kleinen Jungen - schwarzhaarig mit
hellen blauen Augen, braungebrannt im Sommer, aufgeweckt und
willensstark -, der meiner Mutter und mir sofort vor Augen ist. Später
streift Marius sogar den Streit, von dem Patrick mir nicht wirklich
erzählen wollte und der mittlerweile über ein Jahr zurückliegt. Soweit
ich es aus ihm herausbekommen habe, warf er meinen Onkel damals
vor, dass er unsere Mutter zu sehr beeinflussen, sogar bevormunden
würde, woraufhin Marie sich betroffen abwendete und Marius mit

Wut reagierte. Er bat seinen Neffen seine Wohnung zu verlassen und mein Bruder kam an diesem Nachmittag allein nach Hause zurück. Auch meine Mutter wollte später über die Auseinandersetzung nicht sprechen und es belastete mich, mir vorzustellen, wie unverstanden und einsam sich Patrick in der Situation gefühlt haben musste. Zerrissenheit, Wut, Gefühle, die kaum in Worte zu fassen sind, das Band meiner Familie, in meiner Phantasie unzertrennbar, in einem Moment, auf einen Schlag durchtrennt und zu Boden gefallen... Jetzt bedauert Marius das Ganze und sagt, dass Patrick und er sich vielleicht zu ähnlich gewesen sind. Beide sehr impulsiv, die meiste Zeit aber, so meint mein Onkel, seien sie gut miteinander klargekommen.

Auf dem Weg nach Hause greift meine Mutter das damalige Geschehen noch einmal auf. Sie erklärt, dass sie sich bei Patrick entschuldigt habe und dass sie noch heute ihr Verhalten bereue.

Donnerstag, der 3. August

Charlotte kommt zu Besuch und trifft auf Sebastian, den sie bisher nicht kennengelernt hat. Im Halbkreis sitzen wir auf meinem Teppich und ich bin erstaunt als Lotta eine Zigarette von uns annimmt. Wir rauchen und ich mache mir Sorgen, denn ich finde sie ist zu jung. Wir sprechen über die Reise nach Jugoslawien, die Lotta und ich übermorgen mit Petra, Lottas Bruder und einem seiner Freunde antreten werden. Als Sebastian auf die Toilette geht, unterbrechen wir und Lotta flüstert mir zu, dass sie ihn hübsch findet, seine Gesichtszüge sie in ihrer Männlichkeit an die von Rittern in alten Filmen erinnern.

Später treffen wir während eines Spaziergangs auch auf Lydia, die sich überrascht zeigt und mich zur Seite nimmt, um zu fragen, warum ich ihr nicht von Sebastian und mir erzählt habe. Verlegen suche ich nach einer Antwort, doch sie hakt nicht weiter nach, sondern bekundet, dass sie es gut findet.

Samstag, der 5. August bis Samstag, der 19. August

Früh am Morgen fahre ich gemeinsam mit Charlotte, ihrem Bruder Marco, einem Freund von ihm und Petra nach Jugoslawien. Auf der langen Fahrt habe ich starke Bauchschmerzen und bin beruhigt, als Marco äußert, dass Verdauungsprobleme auf Reisen ganz normal sind. Beunruhigt bin ich jedoch über den Artikel, den ich in einer Zeitschrift lese und in dem es um erste Verabredungen geht. Schuldbewusst kommt mir die Nacht neben Sebastian in den Sinn, insbesondere, dass ich mich auf ihn einließ, obwohl ich mir meiner Gefühle unsicher bin. Ich empfinde mich als einsam, verschlossen, umso mehr, da es zusätzlich eine weitere Spannung gibt: Petra, die seit Sonntag sauer auf mich ist und mir vorwirft, Natalia ihr vorzuziehen, da sie mich mit ihr im Jugendhaus sah, nachdem ich ihr Stunden zuvor am Telefon gesagt hatte, dass ich nicht rausgehen möchte.

Ich freue mich jedoch, als ich die von uns in einem Ferienhaus gemietete Etage sehe. Von der Terrasse aus können wir aufs Meer schauen und unter uns befindet sich eine Bäckerei. Außerdem treffen wir auf zwei nette Schwedinnen, die über uns wohnen und mit denen wir zu Abend essen. In Englisch erzählt Miriam - klein, schmal, sommersprossig und mit hellem Haar -, dass sie sich auf einer längeren Reise befinden und Anna - noch kleiner, schmaler und heller als sie - fügt hinzu, dass sie mittlerweile ihre Freunde stark vermissen.

Der erste Morgen, allein am Meer. Ich unternehme einen Strandspaziergang und trage eine Jeans von Lotta, die sie wiederum von Najib ausgeliehen hat. Den Gürtel im letzten Loch eingehakt, wundere ich mich, dass sie so gut und locker sitzt, denn Najib ist ungefähr genauso groß wie ich. Leicht und frei, denke ich an Patrick, an Sebastian, an

Andie, die Geschehnisse der letzten Zeit. Gleichzeitig schaue ich auf die Weite des Meeres, auf die Schiffe am Horizont und spüre die Bewegung, die von dem unendlichen Blau ausgeht.

Am Abend gehe ich mit Marco aus, während Lotta mit Petra unterwegs ist und Marcos Freund mit Kopfschmerzen im Hause bleibt. Marco und ich essen in dem Garten einer Pizzeria, nicht weit vom Meer entfernt, und die vielen bunten Lampions um uns herum, erzählt Marco von seiner großen Liebe, Romy, der er vor kurzem erneut über den Weg gelaufen ist. Seine hübschen grünbraunen Augen nehmen einen merkwürdigen Glanz an und schnell wechselt er das Thema und wir beschließen in eine Cocktailbar zu gehen. An einer Basttheke trinken wir Wodka-Orange, sprechen über unsere Kindheit im gleichen Haus und streiten über die Aufnahme von Asylanten in unserem Land, bis Marco zur Toilette geht und mir nach einem weiteren, nur winzigen Schluck, schlagartig übel wird. Ich renne hinaus, erbreche mich und spüre bald Marcos warme Hand an meiner Schulter. Er ist mir hinterhergerannt und ich schätze seine Geste, denn neulich erst, erklärte er, dass er es nicht mit ansehen kann, wenn ein Mensch sich vor ihm erbricht.

Zum Ferienhaus taumeln wir, singend, und froh endlich dort zu sein, steht Petra vor der Tür, die mich bereits erwartet hat. Schüchtern spricht sie mich an, fragt leise, ob wir spazieren gehen und die Trunkenheit in meinen Gliedern fühlend, denke ich, dass sie sich keinen 'besseren' Zeitpunkt hätte auswählen können. Abweisen möchte ich sie jedoch nicht. So beschließe ich kaltes Wasser auf mein Gesicht zu geben und neben ihr, in der kühlen Morgenluft, gelingt es mir tatsächlich meinen Körper erneut in den Griff zu bekommen. Zufrieden stelle ich fest, dass es der Geist eines Menschen ist, der über allem steht. An einer Laterne bleiben wir stehen und sie überreicht mir einen Brief, der von Versöhnung und allwährender Freundschaft spricht. Erleichtert sehe ich in ihr nervöses Gesicht und wir fallen uns in die Arme.

Im Bett, später dann, fahre ich Karussell. Szenen des vergangenen Tages drehen sich vor meinen geschlossenen Augen: Charlotte, die mich am Morgen das Kinderfoto meines Bruders betrachten sah und tröstende Worte fand - Worte, die mir klar machten, dass der Altersunterschied zwischen ihr und mir bald keine Bedeutung mehr haben wird. Noch einmal Lotta, die mir während des Frühstücks gewissenhaft erklärte, dass meine in den Urlaub mitgebrachten Haferflocken viele Kalorien haben. Marco, der sagte, dass der Barkeeper, nachdem ich hinausgestürzt war, ihm aufgeregt entgegenrief: „your girl is sick" und Marcos brauner Mokassin, der auf unserem Rückweg von der Bar in einem Bach landete. Letztlich Petra, wie sie einsam vor unserem Ferienhaus stand.

Die nächsten Tage verbringe ich zum größten Teil mit Lotta und Petra und wir erleben einiges, das wir in Erinnerung behalten werden. So zum Beispiel den älteren Mann, der uns dazu animiert einem Sprung von einem hohen Felsen ins Meer hinein zu wagen, einen Felsen, von dem sonst nur Einheimische springen. Der Mann macht es uns vor und mein Kopfsprung kann mit seiner Grazie nicht mithalten, wirkt aber gewandt neben Lottas Sprung, die sich mit zugehaltener Nase herunterfallen lässt. Petra traut sich dann nicht, auch nicht auf die Wasserskier, auf die der Springkönig uns einlädt und auf denen wir bei einem braun gebrannten Schönling Trockenübungen machen. Es gelingt mir eine kleine Insel zu umkreisen und Lotta möchte es mir gleichtun, kann sich aber nicht halten und fällt immer wieder ins Meer hinein. Die Strandbesucher lachen, nachdem sie mich bejubelt haben, und der Skilehrer, erst sichtlich stolz, wirkt missmutig, als er Charlotte an Land zurückzieht. Lotta nimmt es gelassen, hat gelernt über sich selbst zu lachen, gesteht mir später jedoch, dass sie auch verärgert ist - über Petra, die sich an diesem Tag gleich zweimal gedrückt habe.

Abends zieht es uns in die Discotheken des Ferienorts und wir lernen zwei Saschas kennen - Lottas, der im gleichen Teil von Bayern wie sie geboren ist und meiner, jugoslawisch, groß, dunkelblond und gut gebaut. Am Strand bei Sonnenuntergang trägt er mich, küsst mich und trunken vom Wein, denke ich, dass dies die ersehnte Romantik sein muss. 'Cruel Summer' über die Boxen der nahe gelegenen Bar und ich soll Sascha versprechen, dass ich zurück in Deutschland an ihn denken werde.

Petra lässt sich ebenfalls auf einen Urlaubsflirt ein, versteht sich aber auch gut mit dem Freund von Lottas Sascha, mit dem sie an der langgezogenen Bar einer Discotheke mehrere Schnäpse trinkt. Ich bin gerade dabei nach ihr zu sehen, als ich aus ihrem Mund die Worte „ich sauf' dich untern Tisch" vernehme, bevor ich Petra dann selbst vom Barhocker rutschen sehe. Erschrocken ziehe ich sie gemeinsam mit ihrem Trinkkumpanen wieder nach oben und drehe mich nach Lotta um, die mit Sascha angerannt kommt. Zu viert schleppen wir sie aus dem Laden heraus und setzen sie danach auf den Stuhl eines bereits geschlossenen Cafés, auf dem sie sich erbricht. Lotta ist die erste, die reagiert und entschlossen und verliebt zu Sascha hinschaut, mit dem sie sich auf den Weg macht, ein Taxi zu organisieren. Petra murmelt zwischenzeitlich meinen Namen vor sich her, woraufhin schaulustige, uns jetzt umrundende Jugoslawen aufgeregt: „what is Wandaa, what is Wandaa?" rufen. Als ich ihnen antworte, dass ich es bin, kann ich die Enttäuschung auf ihren Gesichtern erkennen. Letztlich schaffen Lotta und ich Petra in einem Taxi in unser Ferienhaus zurück und ihre vom Erbrochenen verschmutzte Jacke holen wir einen Tag danach.

An den Abenden, da wir nicht ausgehen, sitzen wir auf der Terrasse unseres Ferienhauses und lesen oder unterhalten uns. Einmal gesellt sich der Bäcker von unten dazu und wir laden ihn ein, dem Schauermärchen von Marco zuzuhören, der nun auf Englisch weiterspricht. Das blutrünstige Ende hinter uns, ist mir nach Abwechslung zumute und mein Blick fällt auf die Springseile, die auf der Terrasse liegen. Charlotte und ich greifen eines und der Bäcker fragt, ob er mithüpfen darf. Wir hüpfen, um die Wette, bis wir lachend und erschöpft zu Boden fallen und der Bäcker sich neben mich setzt. Listig schaut er mich von der Seite her an und fragt, ob mir sein Land gefällt. Ich bejahe und er fragt weiter, ob mir auch die Leute gefallen. Als ich erneut bejahe, erkenne ich ein freches Grinsen und unschuldig trägt er die Worte: "tourists should not only try the food and the wine of a strange culture, they should also try the sex with the people who live there" vor. Über seine Dreistigkeit muss ich lachen und amüsiert schaue ich in die braunen Augen meines Gegenübers, auf das schwarze Haar und seine von der Sonne gebräunten Haut. Ich denke, dass er gut aussieht, vermutlich aber viel zu alt für mich ist. Doch nicht nur aus diesem Grund weise ich sein jetzt auch direkt vorgetragenes Angebot, mit ihm Sex zu haben, ab und gebe nicht nach, als er mir einreden möchte, dass ich auf niemanden in Deutschland Rücksicht nehmen brauche, da das weit weg ist. Mich zunehmend wie auf einem Basar fühlend, auf dem ich mich dazu entschlossen habe, eine Ware abzulehnen, erlebe ich unseren Nachbarn jedoch nicht als bedrohlich, sondern eher als begeisterten Diskussionspartner, der auch über sich selbst lachen kann. Marco, der unser Gespräch verfolgt, sagt, dass ich ihm Bescheid geben soll, wenn ich seine Hilfe benötige.

Im Zimmer sinne ich weiter über Sexualität nach und mir wird bewusst, dass, wenn ich mit Sebastian zusammenbleiben werde, das erste Mal bald ansteht. Dies gibt mir ein ungutes Gefühl, denn ich bin mir nicht sicher, ob Sex einer Frau gefallen kann. In Erinnerung kommt mir der über die Kirche organisierte Fahrradurlaub durch Frankreich im letzten Jahr, ein Zeltplatz im Zentralmassiv, das Gestöhne einer Frau, das nicht weniger abstoßend und furchteinflößend klang als der Film 'Wenn die Gondeln Trauer tragen', den ich gerade meiner Freundin Anna - eine Flasche Likör zum Mut machen neben uns - erzählte. „Allerdings", so schließe ich, „möchte ich auch keine alte Jungfer werden", ein Gedanke, mit dem ich einschlafe.

Die Rückfahrt in Marcos Auto. Glücklicherweise herrscht eine bessere Stimmung zwischen uns, nicht zu vergleichen mit der Atmosphäre der Hinfahrt. In München rufe ich Sebastian an und fühle mich unsicher dabei, denn ich weiß nicht, ob er dies noch will. Sebastian scheint jedoch erfreut und ist lediglich verärgert über Marco, der im Hintergrund seine Späße treibt. Ich kann Sebastian kaum verstehen, doch gefällt es mir, dass er sich eifersüchtig aufführt. Ganz Unrecht hat er damit auch nicht, denn im Urlaub hat mir die Nähe zu Marco gefallen, wenngleich ich weiß, dass diese mit dem Ausstieg aus dem Bus vorbei sein wird.

Samstag, der 19. August

Zuhause angekommen finde ich einen Briefumschlag von Sebastian vor, eine Postkarte, auf der er mich von Amsterdam aus grüßt, das er spontan mit seinem Freund Peter besucht hat. Die Karte ist schwarz-weiß und zeigt eine Frau, die aus einem fahrenden Zug heraus in die Arme eines Mannes springt. Außerdem in dem Umschlag eine Selbst-aufnahme, auf der Sebastian meine Armbanduhr trägt, die ich ihn für die Zeit des Urlaubs geliehen habe. Nachdenklich, fast melancholisch schaut er in die Kamera und spricht auf der Rückseite von Sehnsucht, davon, dass er die Uhr wieder und wieder an sein Ohr hält, „um zu hören, wie die Zeit verrinnt, bis wir uns wiedersehen."

Außerdem hat meine Mutter eine Nachricht für mich. Erneut hat sie ihre Arbeit aufgenommen und möchte - zumindest nach außen hin - wieder gut funktionieren.

Sonntag, der 20. August

Im Ostpark, vor dem Klettergerüst gegenüber dem Kiosk, auf dem ich bereits als Kind neben meinem Vater herumgeturnt bin, treffe ich Sebastian wieder. Während ich ihn von weitem auf mich zukommen sehe, werde ich nervös. Ich weiß nicht, ob ich ihm entgegenlaufen oder mich betont gelassen zeigen soll. Dann aber sehe ich sein Lächeln und eine rote Rose und ich werde sicherer. Ich laufe auf ihn zu und achte auf seinen Schritt, der schneller wird. Auch ich werde schneller und als wir uns in die Arme fallen, denke ich, dass die Szene filmreif ist.

Nach unserer Begrüßung erzählt Sebastian von seiner Exfreundin Chantale, mit der er sich kürzlich getroffen hat. Er zeigt sich enttäuscht und glaubt, dass sie es nicht ernst gemeint hat, als sie von weiterem Kontakt sprach. Er sagt: „ich habe vollends mit ihr abgeschlossen" und ich spüre, dass es die Wahrheit ist.

Einkehr

Heilig Abend 1989

Ich stehe früh auf und vernehme eine tiefe männliche Gesangstimme, die unser Hotel mit 'Stille Nacht' erfüllt und die mich an meinen Opa erinnern lässt, daran, wie er genau dieses Lied uns Kindern zu Weihnachten vorgesungen hat, daran, wie glücklich ich jedes Mal inmitten meiner Familie, in der Wohnung meiner Großeltern, gewesen bin. Marius, Mirella, David, Opa, Oma, alle um uns herum und meistens das Geschenk, das ich mir erhofft habe und für das meine Familie zusammengelegt hat. Vor Augen kommt mir der hellledernde Schulranzen, der Stereoturm und berührt folgere ich, dass auch heute Weihnachten ist, selbst wenn meine Mutter und ich beschlossen haben, das Fest zu umgehen. Tief aus dem Innern heraus wird mir plötzlich gewahr, dass die Welt bewegt ist von etwas Großem, Schönem und Heiligem und dass auch ich in meinem Leben dorthin unterwegs bin. Froh, dass meine Mutter letztlich Marius nachgegeben hat, der uns für heute Abend zu sich nach Hause einlädt, schaue ich aus dem Fenster hinaus und sehne mich danach zurückzukehren, zu meiner Mutter, zu meiner Familie, um alles um uns herum normaler werden zu lassen. Sebastian schläft noch und ich erzähle ihm später während des Frühstücks in der Nähe des Kölner Doms davon. Dabei trinke ich Kaffee und beherzige den Tipp eines Darmspezialisten, der mir aufgrund meiner häufigen Bauchschmerzen und der zunehmenden Verstopfung drei Liter Wasser am Tag und Kaffee empfohlen hat. Auch sprechen Sebastian und ich über unseren Kurzurlaub, über die Weingläser, die wir in einem Kaufhaus, jeder für sich, ohne uns abgesprochen zu haben, in unseren Jackenärmeln verschwinden ließen. Über das Kleid, das Sebastian mir geschenkt hat - gerader Schnitt, Mini, schwarz mit Blumenelementen. Auch über unser kleines Hotel, das wir am Abend nicht verlassen haben. Mit Brot, Käse und Wein bereiteten wir ein Picknick vor und genossen unser Beisammensein - auch wenn dies gleichzeitig bedeutete auf einen nächtlichen Streifzug durch Köln, durch umliegende Kneipen und Bars zu verzichten.

Zurück in Frankfurt, suchen wir Patricks Grab auf. Da es schon spät ist, klettern wir über den Friedhofszaun und stellen rennend, Hand in Hand, neun rote Rosen auf. Neun ist meine Lieblingszahl und Patrick mochte sein Geburtsdatum, den 19.09. In Zukunft werde ich Patrick zu all seinen Geburtstagen neun Blumen hinstellen. Auch werde ich es mir angewöhnen zu seinem Todestag sieben Rosen in eine Vase zu geben, denn sieben ist die Lieblingszahl von Charlotte und sieben ist auch der Tag seines Todes. Gleichzeitig werden Sebastian und ich weiterhin durchs Leben ziehen, gemeinsam und Hand in Hand. Insbesondere Sebastian wird darauf achten, dass nichts und niemand zwischen uns kommt. Sebastian ist es auch, dem ich so vieles von Patrick erzähle.

Ich denke an die Zeit, die viele Zeit, die vorbeigezogen ist, die Monate, die Sebastian und mich zusammengeführt haben, die gleichen Monate, die mich meiner Trauer um meinen Bruder bewusster werden ließen.

Vor Augen kommt mir Sebastian, wie er mit Erkältung im Bett lag, im weißen T-Shirt und mit blassen Teint und ich bemerkte, wie gut ihm die Farbe Weiß steht, wie gut sie zu seinem braunen Haar und seiner an diesem Tag zart lila schimmernden Wimperhaut passte. Zurück hole ich mir auch das Mädchen mit blond geflochtenen Zöpfen und Karokleid auf der Schwarz-Weiß-Postkarte, die Sebastian mir geschenkt hat. Er sagte, sie ähnelt meinem Bruder und ich schaute sie länger an, wie sie auf einer Parkbank sitzt und ihre Beine seitlich an den Körper legt. Sie trägt Spangenschuhe und in ihrer geneigten Kopfhaltung und dem trotzigen Gesichtsausdruck erkannte ich Unmut und überlegte, was ihr wohl die Lust am Weitermachen genommen hatte. Ich dachte, irgendetwas, über das sie nicht sprechen will.

Dann erinnere ich den Moment mitten in der Nacht, da es klingelte und ich an der Sprechanlage Sebastians Stimme vernahm, der bald Mundharmonika spielend und schwankend unser Stockwerk erreichte. Er wirkte fröhlich, gleichzeitig entrückt und sagte, dass er sich mir auch von dieser Seite zeigen wollte, eine Seite, die zu ihm gehört. Ich erkannte das Leuchten in seinen braunen Augen, die großen Pupillen und sagte liebevoll, dass er das nächste Mal dazu nicht das ganze Haus aufwecken muss. Später, als ich wach neben ihm lag, verglich ich ihn mit Andie und fand ihn ehrlicher. Sebastian rauchte, weil er es gewohnt war, weil es ihm Ablenkung gab, nicht aber weil es ihn besonders machte oder von anderen abhob.

Ich schließe die Augen und hole weitere Bilder zurück: Sebastian, wie er mir in einem Supermarkt in meinem schwarzen Minirock, den schwarzen blickdichten Strümpfen und den schwarzen, mit silbernen Ösen behafteten Schuhen hinterher schaute und sagte, dass er nicht weiß, wie er zu einer so schönen Frau gekommen ist. Sebastian, wie er mir am Nikolausabend die Haare über der Badewanne wusch und mir - anders wie früher mein Vater - kein Shampoo in die Augen spritzte. Sebastian, wie er mir die silbernen, mit einem violetten Stein verzierten Ohrringe mitbrachte, sein erstes Geschenk, das mich beruhigte, da meine Mutter der Meinung ist, dass ein Mann, dem eine Frau etwas bedeutet, Geschenke macht... Auch kommt mir einer unserer nächtlichen Streifzüge in den Sinn, der Spielplatz im Biegwald, auf dem meine Mutter und ihre Geschwister bereits als Kinder gespielt haben und den wir zu Sebastians 21. Geburtstag aufsuchten. Wir liefen ein paar Schritte in die Anlage hinein und angeregt über das Dunkle der Nacht und den beeindruckenden Sternenhimmel über uns überkam mich ein Gefühl nach Sehnsucht und Abenteuer zugleich. Ohne es abzusprechen, rannte ich auf die nahe gelegenen Bäume und Büsche zu und Sebastian tat es mir gleich. Die Hand vor Augen nicht zu erkennen, war Sebastian auf einmal weg oder ich riss mich los. Wir wussten nicht, wer Jäger und Gejagter war und das war es, was es so aufregend machte.

Neben den aufregenden Erlebnissen waren es Gewohnheiten, entwickelte Rituale, die Sebastian und mich näher aneinanderbanden. Das sonntägliche Frühstück im Rotlintcafé beispielsweise oder die kuscheligen Abende zuhause in meinem Zimmer. Wein, Musik und zu Kerzenständern umfunktionierte Glasflaschen zwischen uns, sprachen wir einmal über 'Siddharta' und davon unser Leben frei zu gestalten, auszuprobieren, der inneren Stimme zu folgen bis zum letzten Weg der Ruhe und Weisheit. Sebastian und ich versuchen uns immer die Wahrheit zu sagen, ehrlich zueinander zu sein und so kam es, dass wir ständig - in allen erdenklichen Situationen - den anderen fragen, was er gerade denkt. Sebastian denkt nicht oft an Siddharta, Religion oder sinngebende Fragen, sondern eher an pragmatische, technische Dinge. Auf diese Weise schritt die Jahreszeit voran und überschattete meine Gefühle des Zweifels und der Fremde, die ich in den ersten Wochen neben Sebastian empfunden habe. In Erinnerung kommt mir der neongelbe Pullover, den Sebastian in einer Boutique aus einem Stapel zog - das grelle Gelb, das weder zu seiner blassen Hautfarbe noch zu seinen Sommersprossen passte. Aus Höflichkeit riet ich ihm nicht ab, hatte aber ein schlechtes Gewissen, nicht nur wegen der Beratung, sondern auch, weil ich merkte, dass ich noch nicht dazu bereit war, draußen, im Laden, unter Menschen, mit ihm als Paar wahrgenommen zu werden. Ich denke auch an den Mittwochnachmittag als wir ziel- und wortlos durch die Berger Straße streiften, keinen passenden Kinofilm fanden und mich dieses sonntägliche Gefühl von Langeweile und Leere überkam, das ich bereits aus meiner Kindheit her kenne und das ich schon damals gehasst habe. Außerdem sehe ich die Momente vor mir, da Sebastian sehr unsensibel auf mich reagierte, zum Beispiel als ich die Alkoholsucht meines Vaters erwähnte. Er sagte, dass meine Familienverhältnisse krass seien und ich fühlte mich klein und verletzt, dachte an die Gespräche mit Andie über meinen Bruder zurück und wie viel besser er mit mir umgegangen war. Sehnsucht überkam mich und auf einmal war es mir wichtig, ob Andie den herzförmigen Stein, den wir in Prag gemeinsam gefunden haben und dem er einen ständigen Platz in seiner Lederjacke versprochen hat, noch bei sich trägt... Doch dann kam der Augenblick, abends in der U-Bahn, versunken in die dunkle Landschaft, Wiesen und Felder, die ich nur zu gut kenne, und versunken in meine Gedanken um Sebastian, dem ich von meinen Gefühlen der Zweifel erzählte habe. Er schlug mir eine Pause vor und eine Woche Bedenkzeit hinter mir, wurde mir plötzlich klar, dass ich mich nicht gegen ihn entscheiden kann, dass ich mich nicht gegen ihn entscheiden werde und dass es folglich weiterlaufen wird. Gleichzeitig fühlte ich mich seltsam, leer, weit entfernt von all den anderen nächtlichen Bahnfahrern, doch freute ich mich auf den kommenden Tag, da ich mit Sebastian verabredet war und er mir Blumen mitbringen sollte.

Zueinander Vertrauen gefasst, haben Sebastian und ich schon einiges miteinander durchgestanden. Mein erstes Mal zum Beispiel, dass nicht weh tat, nicht unangenehm war aber auch nicht alles verändernd, wie es manchmal in Mädchenzeitschriften dargestellt wird. Danach fiel mir nichts Besseres ein als zu bemerken, dass ich vergessen habe bei meiner Tante anzurufen, um meiner Kusine zum Geburtstag zu gratulieren. Am nächsten Morgen jedoch fühlte ich mich ganz besonders und dachte darüber nach, dass ich es nun getan hatte, keiner es mir aber anmerken kann. Erzählt habe ich nur Natalia davon und sie fragte, wie es mir gefallen hat. Ich antwortete ihr und kam mir dabei wie ein richtiges Mädchen vor - eines, das Mädchendinge bespricht.

Ein weiteres wichtiges Ereignis war der erste gemeinsame Urlaub. Er führte uns in den Süden von Frankreich, nach Avignon, Bordeaux, Marseille, Nizza, die Küste entlang. Wir verbrachten mehr Zeit im Auto als es Sebastian lieb war, doch schmälerte dies nicht unsere Erlebnisse: So genoss ich es mit einem Mann zusammen in einem Hotel zu übernachten. Ich fühlte mich wie eine Dame von Welt, obwohl es irgendwo auf dem Lande war. In einer Dorfkneipe spielten wir Kicker und das erste Mal, seitdem mein Bruder verstorben war, fühlte ich etwas wie Ehrgeiz, etwas wie Lebendigkeit. Ich gewann und war überglücklich. Wir kamen an eine viele Meter über einem Fluss gebaute Steinbrücke. Sie liegt mitten in der Natur, ist sehr schmal und hat keine Abgrenzung. Trotzdem ist es möglich, sie zu begehen und ich wagte mich sehr nahe an den Abhang heran. Gleichzeitig ließ ich die Tiefe auf mich wirken, dachte, wie einfach es wäre, sich jetzt fallen zu lassen, wie befreiend, im selben Augenblick jedoch so unwiderruflich, so schmerzlich für das eigene Sein. In Avignon übernachteten wir in der Nähe der bereits über Jahrhunderte umsungenen Brücke („Sur le pont d'Avignon, On y danse, On y danse, …"). In dieser Nacht lernte ich die Bedeutung des Wortes Leidenschaft kennen und erinnerte mich gleichzeitig an meinen Urlaub ein Jahr zuvor, da ich mit Anna und zwei Männern auf einer kleinen französischen Brücke getanzt und das erwähnte Volkslied gesungen hatte - die gleichen Männer, mit denen wir über Nostradamus und den Weltuntergang sprachen. Auf einem anderen Campingplatz konnte ich nachts nicht schlafen und spazierte durch die Dunkelheit hindurch. Plötzlich hatte ich das Gefühl, verfolgt zu werden und drehte mich um. Ich schaute auf eine große schwarze Gestalt mit Kapuze und dachte unwillkürlich an einen Henker. Angsterregt sah ich die Gestalt näherkommen und war erleichtert, als ich bemerkte, dass es sich um den Aufseher der Zeltanlage handelte. Wir begannen uns zu unterhalten und kamen auf die Sterne und die Unvorstellbarkeit, dass sie nicht bewohnt sein sollten. Gleichzeitig spürte ich eine Aufregung in mir, das Gefühl, Teil der Welt zu sein, Anteil zu nehmen, so weit von zuhause weg, mit einem fremden Mann morgens um drei in einer fremden Sprache über eigene Vorstellungen und Ideen zu sprechen. Auch wagte ich mich in diesem Urlaub neben Sebastian ans Steuer und fuhr die französischen Landstraßen entlang. Meine ersten Fahrstunden hinter mir, konnte ich bereits problemlos in den dritten Gang schalten, schwierig wurde es lediglich, wenn sich unerwartet ein Hindernis auftat, eine Baustelle mit roter Ampel beispielsweise oder eine Straße, die plötzlich in einem Ort endete. Einmal steuerte ich auf diese Weise geradewegs auf eine Mauer zu und kam erst knapp vor ihr zum Stillstand. Sebastian, auf dem Beifahrersitz, nachdem er „bremsen" geschrien hatte, war ganz bleich geworden und schaute mich entgeistert an. Zurück zu Hause stellte ich zwei Bilder auf: Eins davon zeigt mich, Postkarten schreibend, direkt am Meer, bei einem Milchkaffee in Nähe von Nizza. Das andere zeigt Sebastian, neben mir, der unterdessen von Cannes und den Filmfestspielen sprach und mich damit beeindruckte, dass wir so nahe waren.

Bedeutender als der erste gemeinsame Urlaub jedoch, gestaltete sich das Zittern danach, die Angst, als ich glaubte, schwanger zu sein. Die Pille mehrfach vergessen, konnte ich die Situation nicht einschätzen, denn meine Tage bekam ich nur unregelmäßig. Ich haderte mit der Ungerechtigkeit der Welt und dachte, dass ich nur wenige Male mit Sebastian geschlafen hatte und mir schon die Frage einer Schwangerschaft stellen musste. Mit diesen Gedanken fuhr ich morgens zur Schule und traf auf Lydia, die ebenfalls kein Interesse an Unterricht zu haben schien. Wir beschlossen die erste Stunde zu schwänzen und sie in einer Kneipe, von der wir wussten, dass sie bereits geöffnet hat, zu verbringen. Ich bestellte genau wie Lydia ein Glas Apfelwein, doch auch diese Verrücktheit milderte meine Beklemmung nicht. Lydia sprach von einer anziehenden Traurigkeit, die ich - ganz in Jeansstoff, Jacke und Hose - für sie ausstrahlte, doch schaffte ich es nicht ihr von meinen Ängsten zu erzählen. Besser ging es später bei Marlene, die meine Situation kannte. Sie sagte, dass sie erst kürzlich in der gleichen Lage war und in diesem Moment ausgerechnet überall Schnuller und Kinderspielzeug herumliegen sah. Sebastian versprach im Fall einer Schwangerschaft das Kind zu wollen, die Entscheidung über Bekommen oder Nichtbekommen wollte er aber mir überlassen, da es mein Körper ist. Gleichzeitig sicherte er mir alles nur Erdenkliche zu für das

Kind zu tun, arbeiten gehen zum Beispiel und ein schönes Zuhause zu schaffen. Ich aber war zunächst in ganz anderen Gedanken gefangen, denn ich fürchtete in erster Linie das Dickwerden. Ich dachte an Abtreibung oder daran, was ich, wenn ich das Kind behalten würde, essen müsste, damit es nicht stirbt, ich ihm nicht schade, aber dabei nicht unnötig zunehme. Ich fragte mich, wie ich es herausbekommen könnte und mutmaßte, dass das Gewicht eines Neugeborenen der Maßstab ist...

Fragen über Fragen, von denen ich mich nur schwer lösen konnte. Für einen Moment gelang es dann aber doch, da Sebastian sich etwas wirklich Schönes ausgedacht hatte: Er kam früh von der Arbeit und verband mir die Augen. Er kleidete mich mit einem fremden Stoff ein und überreichte mir eine Platte. Er befahl mir die Augenbinde abzunehmen und als ich seiner Anweisung folgte, sah ich, dass ich 'Songs Of Leonard Cohen', jene von meinem Bruder vor allen anderen geliebte Platte, von der ich nur das Cover gefunden habe, in Händen hielt. Ich war berührt, denn niemals wäre ich auf den Gedanken gekommen, dass diese Musik zu kaufen ist. Mit Tränen in den Augen schaute ich nun auf das Jackett, in dem ich steckte - schwarz, in kurzem Schnitt und mit Stickereien und Perlen verziert - und dankte Sebastian, indem ich ihm erschöpft in die Arme fiel... Danach fuhren wir in eine Disco außerhalb der Stadt. Ich starrte auf die Tanzfläche und die jungen Mädchen und dachte, dass immer ich diejenige bin, die im Abseits steht, immer ich diejenige, die den anderen zuschaut. Einen Moment später, an der Bar jedoch, fühlte ich mich plötzlich mittendrin, denn Sebastian machte den Vorschlag nach meinem Abitur, nach Abschluss seiner Lehre, eine Motorradtour zu unternehmen - natürlich nur, wenn wir bis dahin kein Kind hätten. Als Ziel benannte er den Süden, Spanien, Italien, Portugal, was immer wir wollen.

Am nächsten Morgen erzählte ich meiner Mutter von der möglichen Schwangerschaft und sie war entsetzt. Sie drängte mich einen Termin bei einer Frauenärztin zu vereinbaren und bestand darauf mitzukommen. Sie machte Sebastian für meine Lage verantwortlich, da er älter und in ihren Augen erfahrener war. Sie ließ sich erst beruhigen, als ich ihr versicherte, dass Sebastian sich um das Kind kümmern würde. Zum ersten Mal in meinem Leben fühlte ich mich von meiner Mutter bevormundet und wurde später von der aufgesuchten Ärztin bestätigt, die sie noch während eines gemeinsamen Eingangsgesprächs zurück ins Wartezimmer verwies. Danach stellte sich glücklicherweise heraus, dass ich nicht schwanger war.

Sebastian ist mittlerweile so fest in meinem Leben integriert, dass er den größten Teil meiner Familie und meiner Freunde kennengelernt hat. Aufgefallen ist mir, dass er meine Mutter und meine Oma gleich geduzt hat, zudem dass mein Onkel und meine Tante sowie ihr Ehemann Dieter ihn sofort ins Herz geschlossen haben. Auch meine Freunde haben ihn angenommen, Natalia zum Beispiel, die ihn gleich Lotta hübsch fand und Markus, der ihm bei der ersten Begegnung in unserer Küche die Hand reichte. Erst später nahm Markus mich zur Seite und fragte, wann genau ich mit ihm zusammengekommen bin. Selbst Anne traf in meinem Zimmer auf ihn, denn er wollte uns auf eine Mathearbeit vorbereiten, doch verstanden wir leider seine Erklärungen nicht. Petra hingegen hat ihn schon öfters erlebt, denn wir waren mehrmals zusammen aus, manchmal mit seinen Freunden, mit denen Petra viel gelacht hat. Petra sagt oft, dass sie auf Menschen nicht zugehen kann, doch habe ich noch nie etwas davon bemerkt und beneide sie eher um ihre Offenheit. Anna und Ramon trafen wir zufällig auf der Buchmesse und Sebastian fand Anna mit ihrem dunklen Haar und den dunklen Augen besonders hübsch. Wir stimmten überein, dass sie mit Ramon, einem Spanier, ein schönes Paar abgibt und insbesondere faszinierten die beiden an diesem Tag, als Anna ihre schwarzen hohen Stiefel auszog und Ramon ihr auf selbstverständliche Art und Weise einen davon abnahm. Hand in Hand schlenderten sie dann an den Ständen entlang - Anna in weißen Tennissocken und jeder von ihnen einen ihrer Stiefel tragend.

Ebenso hat Sebastian mich seiner Familie vorgestellt und ich lernte seine Mutter, seinen Stiefvater und seine zwei jüngeren Schwestern kennen. Seine Eltern wirken sehr alternativ, ganz im Gegensatz zu den 13-jährigen Zwillingen, die gerade Schminke und schicke Kleidung für sich entdeckt haben. Auch seinen leiblichen Vater haben wir getroffen und er lud uns zu einem Abendessen in einem griechischen Restaurant ein. Er war nett und offen und erzählte von seiner Ferienwohnung an der Costa Sol, von der er ganz begeistert war. Ganz anders wirkte seine Freundin, die sich stark in den Vordergrund drängte und mit ihrem grell geschminkten Gesicht und dem rot gefärbten Haar innerhalb unserer Gruppe herausstach. Zudem hatte sie einen abgemagerten, auf Diät- und Biokost schließenden Körper, der selbst mir nicht mehr gefiel. Ich hörte zu, wie sie Sebastian von einem Campingausflug berichtete und ihre Stimme einen künstlich hohen Ton einnahm. Irgendwie wirkte die Szene skurril und passte dabei zu meinem eigenen Empfinden, denn Tischsituationen werden immer anstrengender für mich. Sebastians Vater bemerkte, dass ich nur wenig esse und ich fühlte mich ertappt und dachte an die zwei mit Käse und Wurst belegten Knäckebrote, die ich zum Frühstück gegessen hatte. Vielleicht hätte ich auf sie verzichten sollen, damit ich mehr von dem warmen Essen hätte nehmen können. Dabei ist es gerade das warme Essen, das ich ablehne, kalte Speisen kann ich eher genießen.

Außerdem habe ich die besten Freunde von Sebastian kennengelernt: Noack, ein lustiger und vertrauenswürdiger Mensch und Alex, der sich zurückhaltender und ernster gibt. Mit ihnen und Marlene waren wir öfters unterwegs, aber auch hier empfand ich mich häufig unwohl und deplatziert. Die Unterhaltungen kamen mir dann oberflächlich, mittelmäßig und wie sinnloses Plaudern vor. Tief im Innern jedoch war ich auch eifersüchtig, da ich wusste, dass selbst, wenn ich wollte, ich nicht dazu in der Lage wäre, in das Geschehen einzusteigen, zu plaudern und zu genießen. An manchen anderen Tagen wurde es sogar noch schlimmer und ich fühlte mich in Gegenwart Anderer, Fremder, wirklich ängstlich, schutzlos und wäre am liebsten verschwunden. Aus diesem Grund zog ich mich mehr und mehr zurück und erfand Ausreden, um Einladungen und gesellschaftliche Anlässe abzusagen. Sebastian feierte dann manchmal ohne mich, versäumte es aber nicht, mir jedes Mal eine Kleinigkeit mitzubringen, damit auch ich Anteil an seinem Erleben hatte. In den Sinn kommt mir das kleine verschnörkelte Schnapsglas, das vom Weihnachtsessen seiner Firma stammt und das ich in das von Sebastian gebastelte Regal gestellt habe.

Diese Erlebnisse sind neu für mich und kommen ganz unvermittelt. So erinnere ich den Moment, da mein Onkel sich über mich wunderte, da ich Sebastian am Telefon sagte, dass ich nicht zu seiner Geburtstagsfeier kommen würde. Auch drängt sich mir die Freistunde auf, in der ich mir ein Puddingstückchen kaufte und plötzlich überwältigt von der Vorstellung der vielen Kalorien mich übel, seltsam und beängstigt fühlte. Es waren zu viele Menschen um mich herum und ich beschloss nicht in die Schule zurückzugehen, sondern nach Hause zu fahren. Tage später in der Innenstadt erging es mir ähnlich, doch diesmal stand ich die Situation durch. Ich suchte Ablenkung und betrachtete ein Paar weinrote Wildlederschuhe, die mir in der Auslage des Schaufensters sehr gefielen. Zur Anprobe konnte ich mich jedoch nicht durchringen, denn die spitzen, mit einem rostfarbenen Blatt gezierten Pumps wirkten sehr damenhaft und unterschieden sich damit von den Schuhen, die ich bisher getragen hatte. In den nächsten Tagen schleppte ich sie gedanklich mit mir herum, bis ich mich zu einem Kauf entschloss.

Vielleicht ist das geschilderte Erleben Teil einer Trauer, die sich mehr und mehr in meinem Leben ausbreitet. Vielleicht führt es auch etwas fort, was irgendwann vor Patricks Tod begonnen hat. Mein Bruder wäre im September 20 Jahre alt geworden und meine Mutter und ich sahen schockiert auf sein Grab herab. Wir legten rote Rosen nieder und ich dachte an Patrick und wie er einmal gesagt hat, dass er Menschen, die Blumen an Gräbern niederlegen, nicht versteht. Er fragte, warum sie diese nicht zu Lebzeiten verschenkt haben und unterstellte ihnen ein schlechtes Gewissen. Auf der Rückfahrt im Bus dachte ich an seine Beerdigung, unsere Familie, die stillen, mit Schmerz verzerrten Gesichter, Marius und Dieter, die fast in die Grube hineingefallen sind. Unvermittelt sprang mir die Zeile: „Da stehen sie in schwarz und weinen" entgegen, doch konnte ich keinen Text daraus formen.

Erinnerungen um Patrick, Erinnerungen an das, was er gesagt und das, was er getan hat, sind mittlerweile existentiell für mich. Sie bezeugen, dass es meinen Bruder wirklich gegeben hat, dass ich Zeit mit ihm verbracht habe. Oft erzähle ich Sebastian davon und er kennt bereits einige Geschichten, zum Beispiel die um Patrick und seinen besten Freund Lukas, mit dem er seit der Fünften in eine Klasse ging und Fußball im Verein spielte. Mein Bruder war Mannschaftskapitän und erst kürzlich fand ich das grünweiße Band. Auch erzählte ich Sebastian, wie er in einem Urlaub in Österreich den ersten Platz in einem Rollschuhwettbewerb gewann oder dass Freundinnen von mir früher in ihn verliebt waren. Ich war ganz stolz seine Schwester zu sein. Zudem verbarg ich nicht, dass mein Bruder sich mir gegenüber manchmal sehr dominant verhielt, beispielsweise als er mich, nachdem ich gerade Schwimmen gelernt hatte, auf den Dreier-Sprungturm zog oder als er mich dazu überredete auf dem Gepäckträger seines Rennrades Platz zu nehmen, obwohl ich wusste, dass er viel zu schnell und rasant fuhr. Ich hätte es nicht tun müssen, aber irgendetwas an ihm, seine Stimme, die Art, wie er es sagte, führte mich dazu, dass ich nachgab, führte dazu, dass ich nicht anders handelte, als ich es tat.

Sebastian ist es auch, mit dem ich verschiedene Plätze meiner Kindheit aufsuche. So führte ich ihn neulich erst unterhalb der Bahnlinie, in den älteren Kern von Bonames, zu dem Sumpf, der bei uns Kindern für Aufregung und Abenteuer sorgte. Früher neben einer zerfallenen Schusterfabrik gelegen, wirkt er nun - eingezäunt und von einem Wohngebiet umgeben - gezähmt, doch trotzdem genoss ich es Sebastian von unserer Mutprobe, dem Heraufklettern auf den Baum und dem Herunterspringen auf die gegenüberliegende Insel zu erzählen, die sonst nur über Holzpflöcke zu erreichen ist. Sebastian und ich sprangen, genau wie Patrick und ich damals, und mir kam das Bild um den gemeinsamen Freund, der in das Moor hineingefallen war und sich über schnelle Bewegungen herausrettete. Es war der gleiche Moment, der uns fortan an der Echtheit des Sumpfes zweifeln ließ. Mit Sebastian besuchte ich auch das nicht weit von uns entfernte Nieder-Eschbach, das Dorf am Rande der Stadt, in dem ich die ersten Jahre meines Lebens verbracht habe. Wir durchliefen das kleine Wäldchen, in dem meine Mutter mit Patrick und mir spazieren war und ich dachte an die Kräuterhexe, die dort gehaust haben soll. Außerdem stießen wir auf die Lieblingskneipe meines Vaters, in der er meinen Bruder und mich manchmal zu einer Limo einlud oder auf den U-Bahn-Tunnel, an dem sich meine koreanische Schulfreundin Dong-Mi und ich täglich verabschiedeten. Manchmal zögerten wir die Trennung hinaus, indem wir gleich mehrere Bahnen abwarteten, erfreut über den Donner, die sie jedes Mal verursachten.

Oft sinne ich auch allein über meine Vergangenheit nach und zurück kehrt der Moment, da Patrick nach der Schule nicht nach Hause gekommen ist und bis zum Abend nicht aufzufinden war. Die gesamte Familie suchte nach ihm und nachdem meine Tante und Dieter ihn auf dem Sportplatz entdeckt und nach Hause gebracht hatten, schimpften Opa und Marius aufgebracht auf ihn ein. Lediglich mein Vater verhielt sich ruhig und verdeutlichte die freudige Erleichterung, indem er ihn in seinen Arm nahm, während meine Mutter unschlüssig im Hintergrund auf und ab ging. Auch erinnere ich das Tischtennisturnier in unseren Ferien am Edersee. Mein Bruder und ich trafen im Endspiel aufeinander und obwohl ich eigentlich besser als er war, verlor ich das Match. Schon damals kam mir der Gedanke, dass sein Wille noch stärker als meiner sein muss. Zudem denke ich an die von der AWO organisierte Fahrt zu einem politischen Festival. Ich saß neben

Charlotte im Bus, doch als sie im Gang unterwegs war, setzte sich mein Bruder zu mir. Ich weiß nicht mehr über was wir uns unterhielten, ich weiß nur, dass ich mich ganz berührt fühlte und dass ich nicht wusste, ob ich weinen oder lachen soll. Damals, nur zwei Jahre zurück, dachte ich, dass dies Glück bedeuten muss. Heute kommen mir bei den Gedanken daran die Tränen und ich beschwöre, dass, wenn wir uns mehr voneinander erzählt hätten, alles ganz anders verlaufen wäre.

Umso schwieriger fällt es mir die Ereignisse seines letzten Lebensjahres nachzuvollziehen. Meist kommen die Erinnerungen unvermittelt und überrennen mich, wie zum Beispiel als Sebastian und ich seinen Freund im Krankenhaus besuchen wollten. Vor dem Eingang blieb ich plötzlich stehen, denn zurück kam das Bild, da ich meinen Bruder in seinem Krankenzimmer sah, weil er sich - so wie die Ärzte sagten - in einem entrückten Zustand ein Messer in die Lunge gerammt hatte. Ich sah erneut sein Bett, den weißen Kittel und das blasse Gesicht. Auch erinnerte ich den sterilen Geruch, der meinen Bruder umgab und dass er nicht dazu in der Lage war, etwas zu mir zu sagen. Damals war es schon spät, drei Monate vor seinem Tod und nur einem Monat nach Silvester, das erste Mal, da mir aufgefallen war, dass mit ihm etwas nicht stimmte. Gemeinsam mit meiner Tante, David, Charlotte und Lukas waren wir auf einem Neujahreskonzert und mein Bruder wirkte seltsam zurückgezogen, ließ sich von unserer guten Stimmung nicht anstecken. Die Zeit zuvor hatte ich ihn wenig gesehen, da er aufgrund einer heftigen Auseinandersetzung mit meiner Mutter zu meinem Vater gezogen war. Dies war keine gute Idee gewesen, denn mein Vater, der ohnehin nach der Trennung von meiner Mutter eher niedergeschlagen wirkte, verkraftete nun den Tod seiner eigenen Mutter nicht und war seither - innerhalb der letzten zwei Jahre - zunehmend dem Alkohol und auch Tabletten verfallen. Vermutlich litt er verstärkt unter Einsamkeit, denn er pflegte - soweit ich es weiß - keine Beziehungen zu weiteren Verwandten und hatte auch keine Freunde, die ihn von seiner Trauer hätten ablenken können.

Wie schlimm es um ihn stand, wusste ich nicht, denn meine Mutter hatte mir nach dem Tod meiner Großmutter verboten zu ihm zu gehen, doch bekam ich eine Ahnung davon, als ich meinen Bruder Ende November, kurz bevor er wieder zu uns zog, in unserem Treppenhaus traf. Dort erzählte er mir, dass er meinen Vater wimmernd und zitternd in seinem Sessel gefunden und die Ambulanz gerufen hatte. Damals sagte er, dass ich mir unseren Vater abschreiben kann. Er wiederholte es mehrere Male und ich merkte, dass er es nicht böse meinte, sondern mir jegliche Illusion nehmen wollte. Ich merkte es allein daran, dass er „unseren Vater" betonte, obwohl sein leiblicher Vater ein anderer ist und er sich nach der Scheidung unserer Eltern von Walther eher ferngehalten hat. Er wollte mich schützen und hätte so sehr eigenen Schutz gebraucht.

Vom Krankenhaus aus ging es dann in die Psychiatrie und von da an bergab. Mein Bruder erhielt Tabletten, sprach wenig und fühlte sich sichtlich unwohl unter seinen Mitpatienten. Während meiner Besuche mit meiner Mutter versuchte ich ihn aufzumuntern, indem ich einfach redete, ihm von mir erzählte, von der Schule, meinen Freunden und der Klassenfahrt nach Prag, die für Ende April geplant war. Im Nachhinein bereue ich dies, denn wie anziehend muss es ihm vorgekommen sein, da er von allem ausgeschlossen war und wie wenig bedeutete es mir damals. Gern hätte ich ihm meine Erlebnisse, mein Leben gegeben und an anderer Stelle, für ihn und in seiner Lage neu begonnen.

Die Stunden vor seinem Tod sind dann die schmerzlichsten Erinnerungen, die ich in mir trage. Einen Tag zuvor hatten wir ihn für einen Besuch aus der Klinik geholt, aus der er zwischenzeitlich einmal entlassen worden war, in die er über einen Neurologen jedoch erneut eingewiesen wurde. Anstatt mich nun ihm zu widmen, ließ ich es zu, dass Lotta und Petra mich besuchten und es gelang mir nicht, ihn in unser belangloses Kartenspiel einzubeziehen. Stattdessen zog er sich auf sein Zimmer zurück und ich habe ihn nicht verstanden, wollte es vermutlich nicht, denn ich hätte wissen müssen, was in ihm vorging

- spätestens als ich ihn Wochen zuvor auf einem Gemeindefest einen Tisch tragen sah. Der Pfarrer hatte ihn darum gebeten und es fiel ihm schwer, sichtlich, denn er bewegte sich wie ein Roboter. Die Tabletten schränkten seine Bewegungsfähigkeit ein. Doch schmerzhafter als diese Erinnerung ist für mich noch etwas anderes, denn offen bleibt die Frage „was wäre, wenn…?", die einzige, die ich mir immer wieder stelle: „Was wäre, wenn ich meiner Eingebung gefolgt und an dem beschriebenen Sonntagmittag zu dem Papageienhochhaus gelaufen wäre? Was wäre, wenn ich ihn getroffen und seine Absicht bemerkt hätte? Hätte ich ihn abhalten, hätte ich das Unglück verhindern können?" Doch manchmal kommt mir auch der Gedanke daran, dass ich es vielleicht noch schlimmer gemacht hätte, ihm Ausreden abgenommen um ihn danach doch allein zu lassen.

Gleichzeitig habe ich begonnen mich zu fragen, wohin mein Bruder gegangen ist. Aus unserem Wohnzimmerregal zog ich das Buch 'Leben nach dem Tod' von Raymond A. Moody heraus. Ich begann zu lesen und war zum zweiten Mal in meinem Leben fasziniert, denn bereits als 13-Jährige habe ich die Zeilen verschlungen. Damals verspürte ich den starken Drang, sterben zu wollen, um den Tod zu erfahren, heute jedoch ist mir die Hoffnung wichtig. So freute ich mich, dass es nach dem Tod weitergehen soll, war aber betrübt, als ich erfuhr, dass Selbsttöter von negativen Erfahrungen berichten, davon, dass sie nicht zum Licht geführt werden wie all die anderen klinisch Toten. Ich finde es unfair und kann nicht glauben, dass, wenn es ein höheres Wesen gibt, dieses es zulässt, dass Menschen, die bereits im Leben gelitten auch im Tode bestraft werden. Zudem möchte ich nicht daran glauben, denn ich möchte nur, dass es Patrick gut geht.

Durch Moody inspiriert las ich weitere Autoren, Elisabeth Kübler-Ross beispielsweise aber auch den Anthroposophen Rudolf Steiner. Es begann eine gedankliche Rastlosigkeit, die zunehmend von Schlaflosigkeit begleitet wird, denn ich schlafe immer weniger und vertreibe mir die Zeit durch Lesen, Schreiben oder Gymnastik. Manchmal, gerade wenn Sebastian neben mir liegt, fühle ich mich dabei sehr einsam. In diesen Momenten gehe ich dann spazieren und es wärmt mich von innen, in den Häusern um mich herum erleuchtete Fenster zu sehen. Hinter ihnen vermute ich einsame und innige Menschen - einsam und innig so wie ich.

Während meiner Suche bin ich auf die Platte 'Hesse Between Music' gestoßen, über die man sagt, dass sie auf Plattentellern von Selbsttötern zu finden ist. Da ich selbst oft an den Freitod denke - ihn als letzte Möglichkeit begreife dieser Welt zu entrinnen -, habe ich mir die mit Musik unterlegten Texte und Gedichte besorgt. Besonders angetan hat es mir das im Choral gesungene Gedicht 'Leb wohl, Frau Welt', in dem es um das Verabschieden von der Welt, das Hinwenden zum Sterben geht, das ich manchmal vor mich hinsumme, gerade auch wenn ich auf dem Hochhaus stehe, von dem mein Bruder gesprungen ist. Ich schaue hinab und es zieht mich nach unten. Im nächsten Augenblick aber stoße ich mich weg vom Geländer und besuche meine Ärztin, die im gleichen Haus ihre Praxis hat. Sie hört den Schilderungen um meine gesundheitlichen Beschwerden aufmerksam zu und sagt, dass sich ein traumatisches Erlebnis häufig an der schwächsten Stelle des Körpers festsetzt. Sie meint, dass es bei mir der Bauch ist.

Meine Gedanken um den Tod, meine Empfindungen, drücke ich weiterhin über das Schreiben aus. So schrieb ich über einen Mann, der mit seinem Tode - seiner Erdolchung auf den Stufen vor einem Tempel - Vervollkommnung und Vollendung empfindet: „...Sein Leben zog an ihm vorbei, dort der kleine Junge, hier der erwachsene Mann. Seine Sorgen waren auf einmal nichtig, es gab nichts, das sein Leid gerechtfertigt hätte, nichts außer ihm und diesem Moment..." Später wird der Mann dann vom Licht angezogen und die kurze Geschichte ist an Hesses Beschreibung des Sterbens in 'Klein und Wagner' angelehnt. Eine weitere Geschichte nenne ich 'Frieden unter Blumen'. Sie handelt von einer Frau, die um den Freitod ihrer Freundin und Geliebten trauert: „Es war an einem jener Orte, den die Erinnerung stets einzuholen vermag. Der Wind blies durch die herbstliche Landschaft und Vögel kreisten am Himmel. Mittlerweile war unsere nicht gerade kleine Gruppe an ihrem zurechtgewiesenen Platz angelangt. Hier im Schatten dieses überaus großen Baumes sollte sie nun also ruhen. Dies sollte also das Ende ihrer vielen Reisen sein..." Zudem versuchte ich mich in einem Stück über eine junge Frau, die ihren Mut zusammennimmt, um ein neues Leben zu beginnen, zu diesem Zeitpunkt aber noch nicht weiß, dass ihre Tochter verstorben ist. Einmal schrieb ich auch über meinen Bruder und wie er mich in den großen Ferien dazu überredet hatte im nahe gelegenen Feld herumzugraben, da er meinte, dass es möglich sei, sich unterirdisch ein eigenes Heim zu schaffen. Der Text endet dann abrupt, indem ich ausführe, dass der Junge später eine andere und tiefere Grube wählen und das Mädchen zurücklassen wird.

Neben meiner Trauer, der Beschäftigung mit mir, war ich auch mit äußeren Reaktionen auf den Tod meines Bruders konfrontiert. Da waren zum einen die Zuschriften von Betroffenen, Menschen, die ein ähnliches Schicksal erfahren haben und uns erstaunlicherweise schrieben. Ihre Worte waren die einzigen, die ich als trostspendend empfunden habe, vorausgesetzt, sie waren nicht zu religiös geprägt. Zum anderen trafen wir auf unsensible, übergriffige Menschen, einen Nachbarn zum Beispiel, der behauptete Patrick war drogenabhängig und meine Mutter an seiner Miserere schuld, oder die Frau aus dem Supermarkt, die Mitgefühl vortäuschte, lediglich um ihre Neugierde zu befriedigen. Den Nachbarn nahm mein Onkel am Kragen, doch die schlimmsten Beleidigungen sind oft nicht zu fassen.

Schmerzhafter als die Reaktionen Anderer sind jedoch die Folgewehen in der eigenen Familie. Am offensichtlichsten traf es meinen Vater, den ich zwischenzeitlich im Krankenhaus besucht habe. Er war dort zur Entgiftung und Sebastian und ich brachten ihm Fernseher und Kleider vorbei. Es tat weh, ihn so ausgelaugt zu sehen, doch war er glücklich über unseren Besuch. Außerdem schenkte er mir nach seiner Entlassung Hoffnung, denn er versprach, sich in Zukunft zusammenzunehmen und ermutigte mich außerdem den Führerschein zu beginnen. Zwei Monate sind seither vergangen und vorgestern war ich mit ihm in der Stadt einkaufen und durfte mir ein Weihnachtsgeschenk aussuchen. Ich wählte eine schwarze und schmal geschnittene Samthose, die, wie ich fand, meine mittlerweile von mir als zart wahrgenommene Figur unterstrich. Vor dem Spiegel der Umkleidekabine schaute ich zusammen mit meinem Vater und achtete darauf, ob ich - wie meine Mutter oft zu sagen pflegte - in meinem Äußeren tatsächlich die weibliche Kopie von ihm bin. Unterschiedlich, so stellte ich in diesem Moment lediglich fest, ist auf alle Fälle die Farbe unserer Augen, denn seine sind dunkel und erstrahlen im grellen Licht des Kaufhauses in einem gelblichen Braun.

Angeschlagen wirkt auch mein Opa, der jeden Tag vor dem Grab meines Bruders steht und sich immer häufiger in seine selbst eingerichtete Fahrradwerkstatt im Keller zurückzieht. Tränen in seinen stechend grünen Augen, der große und kräftige Körper eingesunken und ich weiß seine Trauer zu schätzen, doch manchmal denke ich, dass er über sein eigenes Leid, das meiner Mutter und mir vergisst. Ganz anders dagegen meine Großmutter und ich vergleiche die Herkunft der beiden - sie, die Tochter aus gutem Hause, deren Familie im zweiten Weltkrieg Häuser und Gut verloren hat und die sich nach einer Überbrückung in einem Behelfsheim gemeinsam mit Opa in der kleinen Wohnung im Frankfurter Stadtteil Bockenheim einrichtete; er das Arbeiterkind, dessen Mutter früh gestorben ist und der bereits mit 14 Jahren auf einem Schiff angeheuert ist. Oma wirkt strenger, weniger emotional und auch im Hinblick auf Patricks Tod zeigt sie sich pragmatisch und sagt, dass es aufgrund seiner Krankheit vielleicht besser so gewesen ist. Ihre Worte kann ich in diesen Momenten kaum verschmerzen und es fühlt sich wie Salz auf meiner Wunde an, wenn Marius und Dieter ihr beipflichten, außerdem hinzufügen, dass wir nun alle nach vorn schauen müssen. Wütend und hilflos trete ich ihnen dann entgegen, bin aber nicht in der Lage mit ihnen zu kämpfen und bleibe äußerlich ruhig. Im Innern jedoch fühle ich mich nahe bei meinem Opa, kann es nur nicht zeigen und stelle mir unaufhörlich die Frage, wie wir je mit diesem Schicksal weiterleben sollen und für wen es eigentlich besser so ist? „Für uns, die wir zurückbleiben und uns nicht damit beschäftigen wollen, dass wir an dem Unglück beteiligt sind? Für uns, die sich nicht eingestehen wollen, dass der Tod meines Bruders darauf verweist, dass Entscheidendes auch fehl gelaufen ist?"

In Erinnerung kommen mir dann die Gespräche, die Patrick mit mir über Familie geführt hat, neben den vielen schönen Erlebnissen, das Streiten um Kleinigkeiten oder das Unreflektierte im Umgang mit uns Kindern. Zu früh haben wir einiges mitbekommen, die Streitigkeiten unserer Großeltern beispielsweise, ihre kurzweilige Trennung oder schlicht das schlechte Gerede über nicht Anwesende und Rechthaberei. Auf Patricks Anregung hin holten wir uns Szenen zurück und meistens gab ich ihm recht in seiner Auffassung, doch manchmal wirkte sie auf mich auch überzogen. Zudem war mir in diesen Momenten nicht klar, warum ihn dies alles so stark interessierte und insgeheim machte ich seine Therapeutin verantwortlich, die er seit seiner frühen Jugend aufgrund eines Stotterns aufsuchte. Stotternd hatte ich meinen Bruder jedoch nie erlebt und ich wunderte mich, warum er so gern zu ihr ging, denn mir erschien sie als unsympathisch, da sie sich, so wie Patrick erzählte, ständig gegen unsere Mutter aussprach. Selbst Dieter, der sich sonst eher aus familiären Dingen heraushält, äußerte sich entsetzt über ihre feindliche Vorgehensweise als er einmal gemeinsam mit Mirella meine Mutter zu einer Sitzung begleitete. Mutti wehrte sich auch an diesem Tag nur halbherzig, denn ständig war sie in Sorge, dass die Therapeutin die Behandlung abbrechen und es Patrick dann noch schlechter ergehen würde. Patrick hingegen übernahm die Haltung der Frau und machte unser Leben damit unerträglich, denn ständig war er dabei sich zu beweisen, dass unsere Mutter ihm eigentlich egal war. Sein Verhalten änderte er erst ganz allmählich mit Beginn des letzten Jahres, ab dem Moment, da er von seiner Therapeutin enttäuscht wurde, da sie schlagartig seine Sitzungen abbrach. Wie ich über meine Mutter erfuhr, hatte sich die Frau in den Lebenspartner ihrer Tochter verliebt, erwartete bald ein Kind von ihm und entschloss sich von einem Tag auf den anderen mit dem zukünftigen Kindesvater gemeinsam nach Portugal auszuwandern.

Unbefangen ist die Beziehung zu meinem Cousin, den ich gerne treffe. Neulich erst besuchten wir ein Konzert von Udo Lindenberg und ich spürte dieses Gefühl der Zusammengehörigkeit, diese stille Übereinkunft zwischen ihm und mir. In unserer Kindheit haben wir oft zusammen gespielt und ich liebte es, wenn meine Mutter mit Patrick und mir ihre Schwester besuchte, die nach der Scheidung meiner Eltern mit ihrem Mann und David im gleichen Ort wie wir - nur auf der anderen Seite der Bahnlinie - lebte. Mirella wohnte im zweiten Stock eines Altbaus und mein Cousin hatte ein großes Zimmer, das sich auf wunderbare Weise dazu eignete, Baustein- und Playmobilwelten aufzubauen, mit denen wir uns tagelang beschäftigen konnten. Unserem Spiel waren keine Grenzen gesetzt, wäre da nicht mein Bruder gewesen, der es ab und an genoss, unsere Pläne zu verderben, Bauten oder Straßen zu zerstören und uns damit den Tränen nahe zu bringen... Auf dem Weg zum Bierstand ließ ich David nicht aus den Augen und zeigte mich beeindruckt von dem jungen dunkelblonden Mann, der mittlerweile einen halben Kopf größer als ich war. Im gleichen Augenblick dachte ich an Patrick und fand es schade, dass er nicht bei uns sein konnte. Auch er hatte Udo Lindenberg gemocht und hier in der großen Halle kam mir erstmalig der Gedanke, dass Patrick vielleicht gar nicht beabsichtigt hatte unser Spiel zu verderben, sondern lediglich dazugehören wollte. Seltsam, aber nie habe ich mit David über Patrick gesprochen.

Auch mit meinen Freundinnen hat sich der Umgang nach Patricks Tod verändert. Oft spüre ich, dass sie gern mit mir darüber sprechen würden, aus Angst und Rücksichtnahme jedoch darauf verzichten. Ich hingegen, würde mich gerne ihnen gegenüber öffnen, weiß aber nicht, wie ich es anstellen soll. Auf diese Weise herrscht etwas Unausgesprochenes, Trennendes zwischen uns, das meine Freundinnen auszugleichen versuchen, indem sie mir zeigen, dass sie für mich da sein möchten. Marlene zum Beispiel ist großartig in ihrer Rolle als Wächterin, denn sie achtet in der Schule ständig darauf, dass ich keine Fristen und Termine versäume. Charlotte und Sibille währenddessen, besuchen mich häufiger als zuvor und bleiben auch dann, wenn sie merken, dass es mir nicht gut geht. Petra lässt sich ebenfalls häufig blicken und bei ihr genieße ich es insbesondere, alles um mich herum vergessen zu können und ausgelassen zu sein. In Erinnerung kommt mir der Nachmittag, an dem wir Whiskey trinkend und laut schnalzend zu dem Soundtrack von Bonanza in meinem Zimmer herumsprangen. Wir waren übermütig, hatten unseren Spaß, bis mir übel wurde und ich zur Toilette rannte. Dort erbrach ich mich und wunderte mich über meine Mutter, die ich das erste Mal richtig wütend erlebte. Sie wurde laut und fragte, ob ich saufend und nicht essend weiter machen wolle und es gelang mir nicht, sie zu besänftigen - anders wie Petra, die am selben Tag noch mit einem Blumenstrauß und dem Versprechen gemeinsam mit mir zu kochen vor der Türe stand.

Und dann sind da noch Natalia und Lydia, zusammen mit Marlene und mir ein Vierergespann, das gerne zusammen ausgeht. Natalia ist es aber auch, mit der ich stundenlang durch den Ring spaziere und über Themen spreche, die mich wirklich berühren. Manchmal erzähle ich ihr von meiner Familie und bin gespannt, wie sie das Gehörte einschätzt. Einmal jedoch war ich auch enttäuscht, denn es ging um meinen Vater und seinen Klinikaufenthalt und Natalia fiel nichts Besseres dazu ein, als zu sagen, dass ich nun Erfahrungen mache, die sie nicht aufholen kann. Mit Lydia hingegen verbinden mich in erster Linie Aktionen, abenteuerliche Erlebnisse wie unsere Wochenendfahrt nach Hamburg neulich. Wir trampten einfach los, übernachteten in einem Wohnheim bei einem Zivildienstleistenden, den

Lydia von einem Kirchenfest her kannte und brachten eine Menge Eindrücke mit nach Hause. So zum Beispiel der Moment, da wir in Hamburg ankamen, uns außerhalb der Innenstadt befanden und neben einem kleinen Hühnergehege das Lied 'Mercedes Benz' von Janis Joplin anstimmten. Oder das gemeinsame Frühstück, bei dem ich Lydia beobachtete, erkannte wie sie aus einer Mischung aus Notwendigkeit und Genuss ihr Brot verzehrte - eine Mischung, die mir gefiel und die ich, so wie mir bewusstwurde, verlernt habe. Zudem der Besuch des Fischmarkts in Nähe der Reeperbahn, der Anblick des billigen Glamours, der schreienden Händler und des stinkendes Fischs und mein Unverständnis darüber, warum Andie so sehr von ihm geschwärmt hatte. Dann am selben Morgen auf Lydias Wunsch hin, der evangelische Gottesdienst in einer Kirche ganz in der Nähe. Meine Anrührung über den Pfarrer und das Erwähnen von zu früh Verstorbenen - Sehnsucht, gefaltete Hände und die Abwendung von Lydia, die auf der langen Holzbank dicht neben mir saß. Nicht zuletzt der Ausflug an den Timmendorfer Strand zusammen mit einem jungen Mann, der uns auf der Straße aufgelesen hatte und der mit Lydia zusammen einen Joint drehte. Mir war die Szene nicht geheuer und ich machte einen Spaziergang an der See entlang, dachte dabei an die alte Frau, die Lydia und mir kurz zuvor erzählt hatte, wie sie ihren Ehemann - einen blonden und hochgewachsenen Kapitän - das erste Mal hier an diesem Strand getroffen hat.

Am nächsten von allen ist mir mittlerweile aber Najib. Berührt denke ich an die Weihnachtszeit vor einem Jahr zurück, an den Moment, da ich das erste Mal 'Fairy-Tale Of New York' von der irischen Folk-Punk-Band The Pogues gehört habe. Ganz unvermittelt war es damals, dass ich bei Najib klingelte, um zu fragen, ob er mit mir rausgehen möchte. Er war überrascht und freute sich, denn bisher hatte lediglich er sich um unsere Freundschaft bemüht. Er bat mich hereinzukommen und ich lernte seine Mutter kennen, die ruhig und ausgeglichen wirkte und mich freundlich anlächelte. Zum ersten Mal sah ich auch sein nahezu leeres Zimmer, das mich faszinierte und in dem im Fernseher gerade das angesprochene Video lief. Ich kannte die Gruppe nicht und war erstaunt über das Gefühl, das die Musik in mir auslöste, denn ergriffen von etwas Sehnsüchtigem, Unbeschreibbarem, überkam mich plötzlich die Vorstellung, dass wenn ich es wollte und was dafür täte, ich in der Welt herumreisen, die Welt sehen und etwas erreichen könnte. Etwas, so dachte ich, dass hier in diesem Zimmer, in diesem Augenblick, in der Nähe von Najib und in der Musik zu vernehmen ist, aber auch etwas, dass weit darüber hinausgeht. Fortan fühlte ich mich verbunden - verbunden mit Najib, dem ich etwas zu bedeuten schien und verbunden mit den Pogues, von denen ich mir die aktuelle Platte kaufte.

Najib ist nach dem Tod meines Bruders auch der Einzige, von dem ich mich wirklich verstanden fühle und dem ich nichts zu erklären brauche. Vor Jahren als kleiner Junge aus Afghanistan geflohen, übergangsweise in Pakistan gelebt, letztlich nach Deutschland ausgewandert, kennt er es, sich fremd zu fühlen - insbesondere, da er sich in unserem Land nicht als willkommen sieht. Am schlimmsten, sagt er, treffen ihn die Blicke, verachtende Blicke, denen er sich aussetzen muss und die so schwer zu beweisen sind. Weniger stören ihn die Parolen der anderen, der Dummschwätzer, der Unreflektierten, gegen die man angehen kann. Seiner Familie ergeht es ähnlich und ständig sind sie auf der Suche nach einem besseren Ort, nach einem Platz, an dem sie sich zuhause fühlen. Aus diesem Grund verreisen seine Brüder viel, schauen sich in England und Amerika um und schmieden Pläne für die Zukunft. Währenddessen verweilt Najib, der Jüngste von ihnen, in seiner eigenen Welt, hört Musik, liest oder schreibt Texte, auch während seiner nächtlichen Arbeit im Hotel. Im letzten Jahr seinen Realschulabschluss nachgeholt, hat er seither wenig Kontakt zu Gleichaltrigen, doch betont er mir gegenüber, dass er es mag, für sich zu sein. Ich habe ihn kennengelernt, weil er es so gewollt hat und eines Tages auf mich zugegangen ist. Mittlerweile bin ich froh darüber, denn ich fühle mich ihm näher als zuvor. Meine Welt ist aus den Fugen geraten, auseinandergesprengt, zerfetzt und schon bevor Patrick gestorben ist, war es schwierig genug. Fremd in mir, fremd in meinem Umfeld, suche auch ich einen Ort, an dem ich leben kann. Ich ziehe mich zurück, lese, schreibe oder genieße es, mich in Liedtexten, in der Stimme von Bob Dylan, wiederzufinden. Zudem interessiert mich zunehmend die Todeslehre und eine östliche Sichtweise auf die Welt und mit Najib habe ich jemanden gefunden, mit dem ich darüber sprechen kann. Manchmal erzählt er von dem Leben seiner Mutter, der jungen und rebellischen Frau in Kabul, die Hosen getragen haben soll und deren Erlebnisse in ihrer Aura von Mystik mich immer wieder beeindrucken. Oft denke ich über das Erzählte nach und beobachte die Mutter, wie sie alltäglich die gleichen Dinge verrichtet: Teetrinken, beten, fernsehen, mich mit einem freundlichen Hallo auf Farsi begrüßen..., alles mit Andacht und doch ohne erkennbares Ziel. Geheimnisvoll, fast undurchsichtig erlebe ich sie, ganz gleich ihrem Sohn, der mich immer wieder zu überraschen versteht. Neulich erst erzählte er von Karen, einer Freundin, die er im Hotel kennengelernt hat und die ich bisher nicht getroffen habe. Irisch, blaue, fast graue Augen im Kontrast zum rotblonden Haar, blass mit breiten Schultern, wirkt sie unerreichbar und ich bin sicher, dass sie von besonderer Schönheit ist.

Wenngleich ich nicht immer anwesend bin, ist es neben meinen Freunden die Schule, die mir wichtig ist, die mir einen Alltag schenkt und die mich darüber hinaus vor zu viel Grübelei bewahrt. Gern mag ich es, wenn wir aktuelle Geschehnisse in den Unterricht mit aufnehmen und so gefiel es mir, dass wir in den Fächern Deutsch und Gemeinschaftskunde das Fallen der Mauer mitverfolgten. Passend zu unserem Oberthema der Nachkriegszeit, traf uns das Ereignis trotzdem unvorbereitet und dies obwohl unser Tutor Max im Leistungskurs Gemeinschaftskunde erst kürzlich die Frage gestellt hatte, ob eine Vereinigung der Deutschen erstrebenswert sei. Damals wirkte dies illusorisch, doch fühlten wir uns angesprochen und es war Andie, der mich irritierte, da er in den Raum gab, dass die Menschen in der DDR an einer Wiedervereinigung vielleicht gar nicht interessiert seien. Unvermittelt dachte ich an meine Familie, die ihre Wurzeln im Osten hat, an die Schwester meines Opas, die mir von ihrer Flucht gemeinsam mit ihren Kindern in den Westen, gleich zu Beginn des Mauerbaus, erzählt hatte... Diese Fragestellung nun hinter uns, verfolgten wir fortan eine neue und interessierten uns dafür, ob die Deutschen eine wahre Revolution vollbracht haben. Anfangs euphorisch, wich unsere Stimmung bald der Einstellung, dass der Aufstand der Ostdeutschen nur am Rande politisch war und dass der größere Teil von ihnen eher an materiellen Gütern, an Videorecordern und anderen Statussymbolen orientiert war.

Max setzte seinem Unterricht noch einen drauf, indem er spontan über einen Lehrerfreund der nun ehemaligen DDR eine Klassenfahrt nach Erfurt organisierte. Wir trafen auf die Schüler seines Kollegen zum ersten Mal in einer Diskothek, doch schienen sie uns gleich nicht zu mögen, denn sie gaben uns das Gefühl arrogant zu sein, als wir ihnen unsere Westzigaretten entgegenstreckten. Doch ließen wir uns von ihnen die Stimmung nicht verderben, sondern stürzten auf die Tanzfläche und machten wilde Bewegungen zu Liedern wie 'Pump Up The Jam', die uns eigentlich zuwider waren. Einmal schaute ich währenddessen auch zu Max hinüber, denn ich wollte erfahren, wie er es empfand, dass sein Projekt der Annäherung so offensichtlich gescheitert war. Er schien sich nicht viel daraus zu machen, sondern beobachtete uns vergnügt und erwiderte meinen Blick, so als wollte er sagen: ich bin stolz auf Euch, da ihr die Überlegeren und Temperamentvolleren seid.

Neben dem Abend, da wir die ostdeutschen Jugendlichen kennenlernten, bleibt mir insbesondere der Nachmittag in Erinnerung, da Max uns zum Konzentrationslager Buchenwald führte. Gleich vor dem Eingang erschreckte mich die Aufschrift „Arbeit macht frei" und danach erklärte Max uns vor den Verbrennungsöfen, warum die Geschichte der Deutschen in ihrer Grausamkeit einzigartig ist. Er sagte, dass kein anderes Volk mit der gleichen technologischen Perfektion gemordet habe und demonstrierte es an den Geräten vor uns. Nur ein einziger Knopfdruck und der Tod war unvermeidbar. Oft dachte ich in nächster Zeit an diesen Moment zurück und in den Sinn kam mir der von Alexander und Margrethe Mitscherlich geschriebene Text über die Unfähigkeit der Deutschen zu Trauern. Max hatte ihn mit uns gelesen und auf einmal sah ich eine Verbindung zu ihm und unserem Deutschlehrer, denn beide - der eine über politische Texte, der andere über deutsche Nachkriegsliteratur - schienen uns genau zu dieser nicht geleisteten Trauerarbeit anleiten zu wollen. Trauern gleich sich erinnern, mit Geschichte auseinandersetzen - auch wenn es weh tut -, um danach loszulassen und mit ihr weiterleben zu können.

Darüber hinaus gibt es weitere Fächer, die mich interessieren, der Englischunterricht beispielsweise, in dem wir uns mit dem Konflikt der Iren und Engländer beschäftigen oder das Fach Chemie, in dem die Lehrerin mit uns über die Zunahme des Ozonlochs und mögliche Gegenmaßnahmen spricht. Auch mag ich den französischen Leistungskurs, in dem der Lehrer sehr auf Kreativität achtet und in dem wir über den Existentialismus philosophieren, uns im freien Schreiben üben oder griechische Tragödien lesen, die wir szenenweise auch im Unterricht aufführen. So ermutigte mich neulich erst mein Lehrer dazu, die Rolle der Antigone in der Fassung von Anouilh zu übernehmen, wobei er mich auf Marlene, Isolde, treffen ließ, die ich davon überzeugen sollte, unseren Bruder gegen das Verbot des Vaters, des Königs, ein Begräbnis herzurichten. Schnell identifizierte ich mich mit der Trauer, dem Gerechtigkeitssinn meiner Figur und Marlene verkörperte sensibel die vernünftige Isolde, die ängstlich wirkt und ihre Schwester nicht verlieren möchte. Marlene fiel es dabei leichter zu improvisieren, denn aufgrund ihrer marokkanischen Herkunft spricht sie nahezu perfekt Französisch.

Zusätzlich habe ich eine Aushilfstätigkeit in einem Kino angenommen und damit einen Ort gefunden, an dem niemand weiß, dass mein Bruder, Patrick, verstorben ist, an dem niemand weiß, dass ich überhaupt einen Bruder gehabt habe. Dort bin ich Teil eines Teams, das vorwiegend aus Aushilfen und Studenten besteht, einen lustigen zum Beispiel, der manchmal mein Eiskonfekt verkauft oder den, der Andie ähnelt und der kürzlich erzählte, dass er Ängste im Leben erst überwinden musste, um Selbstbewusstsein zu erlangen... Mehr interessiere ich mich jedoch für Kim, eine Asiatin, in Nantes aufgewachsen, die fest angestellt ist. Etwas älter als ich, hat sie keine Familie und auch von Freunden spricht sie nicht. Trotzdem wirkt sie nicht verloren, sondern strahlt eine Form des Selbstbewusstseins aus, eine Form des Ruhens in der eigenen Person, das mich fasziniert. Manchmal wirkt das Ruhen auch wie Stillhalten und ich frage mich, ob sie die Gegebenheiten des Lebens einfach hinnehmen kann. Ich beobachte sie heimlich, wie sie mit Kunden umgeht und Kritik - gerechtfertigt oder nicht - entgegennimmt. Nie habe ich sie sich aufregen sehen, immer bleibt sie ruhig und geht auf die Menschen ein. Gleichzeitig wirkt sie distanziert und unbeteiligt und ich denke, dass kein noch so stark vorgetragener Angriff sie wirklich erschüttern kann. Gerne wäre ich wie sie, unabhängig von dem, was die Menschen über mich denken, unabhängig von dem, was sie über mich sagen.

Manchmal, während der Vorstellungen, wenn alle Filme gleichzeitig laufen, habe ich auch Zeit für mich. Ich erledige Hausaufgaben, rufe Najib von einer Telefonzelle aus an oder besuche Marlene, die nicht weit entfernt in einem anderen Kino arbeitet. An meine Tätigkeiten - das Kartenabreißen, den Eisverkauf und die Aufräumarbeiten - habe ich mich gewöhnt, wobei das Aufräumen mir die liebste ist, denn es gibt mir die Möglichkeit in meinen Gedanken zu verweilen oder mich an die Nachmittage mit meinem Vater zu erinnern, der begeistert von großen Leinwänden, mich häufig mit ins Kino nahm. Zudem nutze ich die Einfältigkeit meiner Aufgaben um Angeschautes zu verarbeiten, zum Beispiel die in 'Letzte Ausfahrt Brooklyn' vorgeführte und widerwärtige Vergewaltigungsszene, die vielen Männer und die Frau im Marilyn- Look oder bei 'Harry und Sally' die Einstellung, dass Männer und Frauen keine Freunde sein können, die mich meine Beziehung zu Najib noch einmal überdenken lässt. Zugleich sehe ich auf die Verwüstungen in Form von Colaflaschen und zertretenem Popcorn vor mir, doch umgeben von der lauten Musik und meinen Blick, den ich auf die Namen im Abspann richte, fühle ich mich auf sonderliche Weise geborgen und begreife den Augenblick als Teil eines Lebens, das nicht immer mit Glimmer zu tun hat.

Najib und London

Najib und ich hatten spontan die Idee das Jahresende gemeinsam in Dublin zu verbringen und Najib hat per Telefon eine günstige Reise- und Übernachtungsmöglichkeit für uns gebucht. Alles kommt ganz anders als geplant, doch trotzdem fühlt es sich gut an, neuartig, intensiv und irgendwie nahe bei mir.

Der Anreisetag beginnt verzögert, hektisch, denn ich verschlafe den Wecker und habe nur wenig Zeit, um ein paar Sachen zusammenzusammeln. Najib drängelt währenddessen, dass unser Bus nach Oostende bald fährt, doch wir erreichen ihn zum verabredeten Zeitpunkt. Einsame und öde Landschaften, die mich ganz melancholisch stimmen und die Najib liebevoll als verschlafen bezeichnet, ziehen an uns vorbei. Ich bin froh, als wir ins Flugzeug umsteigen und eine Klappermaschine, klein und laut, bringt uns zunächst weiter nach London. Ich denke daran Angst zu haben, doch das Gefühl stellt sich nicht ein - stattdessen Furchtlosigkeit, Unerschrockenheit, als ob der Tod, mein eigener, mich nicht berühren kann. Nachsinnend, warum dies so ist, komme ich darauf, dass ich nur deshalb so sorglos bin, da ich spüre, dass das Ende, dunkel und unergründlich, mir einfach nicht nahe ist.

Im Flugzeug, schräg gegenüber auf einer Klappbank, sitzt die Stewardess, die uns begrüßt hat und von der ich meinen Blick kaum abwenden kann. Sie ist groß, schlank, wenngleich nicht wirklich dünn, und hat langes dunkelbraunes Haar. Ihre Augen um eine Nuance heller und ihre Lider geschwungen, dazu eine blasse Hautfarbe und einige wenige Sommersprossen. Auffallend schön, erinnert sie mich an die Erzählungen von Najib und den afghanischen Frauen seiner Kindheit, die Freundinnen seiner Brüder, von denen er oft geschwärmt hat. Ich frage mich, ob Najib die Stewardess genauso hübsch findet wie ich, aber ich spreche ihn nicht darauf an. Lieber betrachte ich sie weiter und erkenne, dass sie müde, fast leidend wirkt. Ich versuche mir ihr Leben vorzustellen, doch will es mir nicht gelingen, denn ich finde keinen Anhaltspunkt. Später beobachte ich sie erneut, wie sie die Fluggäste versorgt. Sie ist freundlich, lächelt, jedoch über die Gesichter hinweg. Es scheint, als sei sie nicht Teil ihrer Gegenwart, ihrer Umgebung, sondern verhaftet in Gedanken, vielleicht in Vergangenem, sehr weit entfernt.

Mit einem Bus fahren Najib und ich in die Londoner City ein und gebannt von den mächtigen Gebäuden und breiten Straßen, spüre ich eine Größe von der Stadt ausgehen, die ich nicht beschreiben kann. Halt machen wir bei Victoria Coach Station und Najib und ich suchen nach dem Bus, der uns zur Fähre bringen soll. Dieser ist den meisten Busfahrern nicht bekannt und nur einer sagt, von ihm gehört zu haben, schickt uns aber zu einem falschen Platz. Letztlich geben wir die Suche auf und erfahren über eine Informationstheke, dass die Betten rundherum belegt sind. Trotzdem versuchen wir es, laufen quer durch Victoria und lassen uns Stunden später auf ein winziges übertcucrtcs Einzelzimmer ein, in dem der Besitzer neben das schmale Bett eine schmutzige Matratze quetscht. Gehüllt in schwere Wolldecken, trösten wir uns damit, dass wir schon morgen den ersehnten Bus finden und weiter nach Dublin, zu dem gebuchten Zimmer, reisen werden.

Früh aufgestanden, laufen wir erneut zur Busstation, doch auch diesmal können wir den Bus nicht finden. Enttäuscht stellen wir fest, dass uns nichts anderes übrigbleibt, als hier zu bleiben und eine Unterkunft zu suchen. Najib macht den Vorschlag nach Hause zurückzufliegen, doch ich lehne ab, da ich nicht aufgeben möchte. Wir ziehen erneut durch Victoria und haben das Glück ein Zimmer zu finden: geräumig, mit einem großen Bett und Platz sich umzudrehen, ist es besser als das gestrige, jedoch genauso schäbig und überteuert. Als ich nahezu mein gesamtes Urlaubsgeld auf den Tisch lege, denke ich an Najib und wie er gesagt hat, dass Großbritannien, Irland, besonders günstig ist.

Die folgenden Tage verbringen wir einfach und karg und zumeist im gleichen Rhythmus. Wir schlafen lange, bis zum Mittag, und brechen dann zu einem Spaziergang, einem Marsch auf, der sich jeweils bis zum Abend erstreckt. Gestärkt über schwarzen Kaffee oder Tee im Pub um die Ecke ist unser Ziel häufig Piccadilly, das wir über Victoria Street, Big Ben, Whitehall, Trafalgar Square, Charing Cross Road oder über Shaftesbury Ave aber auch vom Trafalgar Square über Covent Garden oder über Westminster Bridge, an der Thames entlang, erreichen. Wir prägen uns die Wege und die Schilder genau ein, doch wie sich an den letzten Tagen herausstellt, laufen wir ausnahmslos Umwege. Wir bemerken es zufällig, als wir St. James Park vom Eingang über Victoria betreten, den Park, den wir zuvor nur über Piccadilly aufgesucht haben. Ich bin überrascht und gleichzeitig verärgert über Najib, der zu Beginn unserer Reise behauptet hatte, London zu kennen und nun so tut, als ob ihm dies klar gewesen wäre.

Unser Tagesablauf bringt uns regelmäßig um das bereits bezahlte Frühstück, zu dem wir uns nur am letzten Morgen einfinden. Zwischen klebrigen Tischen, verbrannten Toasts und zu fett gebratenen Spiegeleiern, begreifen wir schnell, dass wir nichts verpasst haben, genießen aber den abschließenden Moment und die geschäftige Atmosphäre. Einige der Menschen um uns herum wirken, als ob sie hier leben würden und, von einer eigenartigen Stimmung erfasst, frage ich mich, ob sie zu beneiden oder zu bemitleiden sind.

Unsere Wege führen vorbei an Attraktionen und Sehenswürdigkeiten, die vermutlich in Reiseführern erklärt sind, die aber auch ohne Anleitung nicht zu übersehen sind. Downing Street 10 beispielsweise und die Bobbys, die dort von den Kameras der Touristen abgelichtet werden oder herrliche Einkaufsstraßen und Märkte, die zum Träumen anregen. Einmal sehe ich mich in einer feinen Westenbluse, kombiniert mit einem Hosenanzug, erfolgreich und begehrenswert - Sehnsucht, die sich seltsamerweise mit der Person von Najib verbindet. Ein anderes Mal schwärme ich für ein goldenes Kleid, das der Schaufensterpuppe bis ans Knie reicht und das nach unten hin seine Farbe zu einem dunklen Braun verändert. Unübersehbar sind auch die vielen Kirchen, Kuppeln, Türme, der Big Ben insbesondere, der uns nicht nur Orientierung bietet, sondern aufgrund seiner Größe und seines Baustils überwältigt. Auch liebe ich den Blick auf ihn vom Fluss aus, von der in den Bodensteinen eingravierten Poesie, die sich unter meinen knielangen schwarzen Stiefeln absetzt und über der ich jeden meiner Schritte ganz bedacht einsetze. Dies ist der Ort, so denke ich, an dem ich wiederkehren möchte, am liebsten, um hier zu leben, doch weiß ich, dass wenn dies Wirklichkeit werden soll, ich bis dahin einen langen Weg nehmen muss. Vor mir sehe ich dann mein Zimmer, meine Bob Dylan Platten, den Ort, der mir in der Gegenwart Zuflucht beschert und der mich nur langsam in eine Zukunft führen wird. Das für mich Faszinierendste an Londons Straßen jedoch, ist nicht ein einzelner Platz, eine Grünanlage oder ein Gebäude, sondern vielmehr das Gefühl, ständig etwas Neues zu entdecken: das Schweizer Glockenspiel in Nähe von Piccadilly, die Hare Krishna Anhänger, die lauthals durch die Stadt rennen, der schwarze große Mann, der mich anlächelt und sagt, dass ich seine Liebe bin... Das Ungewöhnliche, Besondere wird zum Gewöhnlichen und verschafft mir ein Gefühl von Freiheit, dass ich so nicht kenne. Bei Najib beobachte ich die gleiche Reaktion und vermute, dass er sich mit seiner afghanischen Herkunft in dieser Stadt weniger auffällig fühlt.

Nur selten essen wir unterwegs, Jacket Potatoes, eine Kartoffel mit Käse und Thunfisch überbacken und eine Pizza in einem Schnellrestaurant, die mir aber nicht schmeckt, weshalb ich sie als Kalorienverschwendung betrachte. Najib bestellt sich abends zumeist indisches Essen - Hühnchen mit roter Soße, Reis und Spinat - und er könnte mir vermutlich Geld leihen, denn er prahlt damit, dass er über seine irische Bank das englische Pfund günstig kaufen kann, doch bin ich zu stolz, um zu fragen. Dafür bietet er mir von seinem Essen an, das ich jedoch ablehne, da ich mit meiner Ernährung, dem mitgebrachten Knäckebrot und Müsli eigentlich zufrieden bin.

Im Frühstücksraum, vor unserer Abreise, überkommen mich Heimweh, Freude und Trauer zugleich und ich denke an mein Zuhause, mein Zimmer, Sebastian und an das London, das ich kennengelernt habe und in das ich verliebt bin. Mich zu trennen, nun den Rücken zuzuwenden, fällt mir schwer und ich tröste mich damit, wiederzukommen, vielleicht mit etwas mehr Geld, vielleicht auf die gleiche Weise, einfach nur um die Straßen entlang zu laufen. In Gedanken gehe ich sie auch jetzt noch einmal ab und fülle sie an ihren Ecken und Enden mit Najib und mir, unseren Erlebnissen, die für einen kurzen Augenblick, einen winzig kleinen, zu ihnen gehörten: Najib und ich auf einer Bank im St. James Park. Ein überraschend erotischer Augenblick, denn Najib möchte meine Finger unter meinen Lederhandschuhen sehen und bezeichnet sie als weiblich. Die Kathedrale von St. Pauls und Najib sagt, dass wir eines Tages, genau wie Diana und Charles, dort heiraten werden. Meine starken Bauchschmerzen an der gleichen Stelle und meine Wut gegen Najib, der erneut vorgibt den Weg zu kennen und uns stundenlang im Kreis herumführt. 'The Freewheelin' Bob Dylan', die Platte, die ich in einem Musik- und Buchladen in Soho kaufe und die später zu meinem Liebling wird. Unsere Einkäufe im Wohngebiet Victoria und meine Suche nach dunklem Brot, das ich nicht finden kann. Der Platz bei Piccadilly Circus, mein Wissen um die Bekanntheit der Stufen und meine Sehnsucht nach Sebastian, der mich in der Außenwelt an die Hand nimmt, beschützt und dafür sorgt, dass auch ich an dem Treiben der anderen teilnehmen kann. Najib am frühen Morgen, ich wache auf und bemerke, dass er mein Haar streichelt. Silvester, eine menschengeladene Innenstadt, Bobbys, die uns Gläser und Sekt abnehmen und meine Erinnerung an unsere

Feste im Ring - Opa, der eine Pute im Ofen briet und gewandt mit seiner Frau tanzte, Mirella, die sich gemeinsam mit uns Kindern an dem gewaltigen Feuerwerk vor unseren Augen erfreute. Unsere Enttäuschung jetzt und der Entschluss, das Zentrum zu verlassen, um mitternachts von keinem Menschen und keinem Feuerwerkskörper daran erinnert zu werden, dass gerade ein neues Jahr in einer Weltstadt begonnen hat. Der Hotelbesitzer, der nachts an unsere Zimmertür klopft und behauptet, wir hätten nicht bezahlt und Najib, der sich eine Quittung hat ausstellen lassen. Die ältere, hexenartige Frau, die ebenfalls nachts klopft und ihren Unmut über meine lederbesohlten Stiefel äußert, die tagsüber nicht nur auf den glatten und beeisten Gehsteigen herumrutschen, sondern auch von dem, von Najib mit einer Tagesdecke überzogenem Bett herunterspringen. Die gleiche Frau im gemeinsam genutzten Bad, in der sie mir während des Haarewaschens die Tür in den Rücken rammt, so dass ich kopfüber in die Wanne stürze und mich gerade noch mit den Händen abstützen kann. Ihr Schimpfen und meine Berührung über das Skurrile der Szene... Unwillkürlich kommt mir 'Fairytale Of New York' von den Pogues wieder in den Sinn, triste Realitäten neben dem Doch-Festhalten an Träumen, diese Mischung aus Verzweiflung und Hoffnung, und ich sehe Najib und mich, die jetzt ein ganz eigenes Märchen, von dieser anderen Weltstadt, von London, besitzen.

Gerade zuhause, denke ich zurück an London, an Patrick, seinen Tod und komme dann auf meinen eigenen, dazu, dass auch jemand um mich trauern wird, wenn die Zeit gekommen ist: Ich beginne einen Text mit den Zeilen: „Falls Du mich 'mal vermissen solltest, irre nicht ziellos durch die Straßen unserer Stadt. Such' nicht an vergangenen Orten, in vergangenen Momenten, sondern verlasse das Grau, das dich umgibt. Ziehe hinweg über Plätze und Menschen und Du wirst sie finden, die alte Mauer, von der ich Dir erzählt habe, ..." und ende mit der Vorstellung eines Wiedersehens.

Schriftliches Abitur

Montag, der 8. Januar

Vivaldis Vier Jahreszeiten. Die von meiner Mutter Marie geliebte Platte, die sie einst von dem Vater meines Bruders geschenkt bekommen hat. Sebastian und ich rauchen während wir den 'Winterklängen' lauschen und zum ersten Mal begreife ich das Anregende der Droge. Von einer seltsamen Eingebung gepackt, schaue ich mich in meinem Zimmer um und halte mich fest an der von mir gestalteten roten Umrahmung der Schwarz-Weiß-Postkarte des Mädchens mit den blonden Zöpfen, die von der Sebastian gesagt hat, dass sie Patrick ähnelt. Rot, die Farbe, und ich sehe sie, wie ich sie noch nie zuvor gesehen habe: echt, im Original und ohne Abglanz. Zu Sebastian sage ich später, dass ich trotzdem nicht mehr rauchen werde, denn es stört mich, nicht zu wissen, was ich im nächsten Moment empfinde. Sebastian nimmt es gelassen, denn in meiner Gegenwart, so antwortet er, verspürt er ohnehin nicht den Drang danach.

Mittwoch, der 10. Januar

Neben Sebastian im Kino. Der Film hat gerade begonnen und jemand fällt, von einem hohen Haus herunter, in Zeitlupe, immer tiefer. Vor dem Aufprall halte ich meine Hände vor die Augen, die ganz nass vor Schweiß geworden sind und am liebsten möchte ich schreien. Stattdessen denke ich aber an Patrick und wie schrecklich seine letzten Momente, wie unaussprechlich, sie gewesen sein müssen.

Donnerstag, der 11. Januar

Erneut bei Mirella und Dieter, doch diesmal fühlt es sich trauriger und kälter an. Nachts kann ich nicht schlafen und stehe rauchend und zitternd vor dem Haus. Tagsüber lese ich 'Demian', der mich aufrüttelt und wirklich wohlig ist mir nur, wenn meine Tante mir ein Bad einlaufen lässt oder mit mir einen Milchkaffee trinken geht. Wir sprechen über vergangene Zeiten und mit einem Leuchten in ihren grünen Augen erzählt sie, wie sie früher mit uns Kindern auf ihrem Fahrrad durch Frankfurt fuhr: David vorn auf dem Kindersitz, Patrick auf dem Gepäckträger und ich auf dem Sattel sitzend, während sie - die Schlaghosen an ihren durchtrainierten Beinen hochgekrempelt - im Stehen trat. Sehnsüchtig gleiten meine Gedanken dann zu weiteren Momenten zurück, den Ausflügen an die Niddawiesen beispielsweise, Mirellas Kartoffelsalat mit Gurken und Speck, den wilden Ballspielen oder dem Fahren auf unseren damals neuen Rollerskates. Auch kommt mir meine Bewunderung für Mirella erneut in den Sinn, ihr hellbraunes, exakt in der Mitte gescheiteltes Haar, ihre geblümten Kleider und ihre hohen, mit Bastabsätzen gefertigten Sandalen, mit denen sie genau meiner Vorstellung von Schönheit entsprach.

Darüber hinaus liebte ich Mirella, da sie unter ihren Geschwistern als die Rebellischste galt. Bereits als kleines Mädchen hörte ich ihr gerne zu, wenn sie von ihren Ansichten erzählte, der Teilnahme an Demonstrationen etwa, die, so wie sie mir erklärte, dazu beitragen sollten, eine friedlichere und gerechtere Welt zu schaffen. In Erinnerung sind mir einzelne Gefühlsregungen, Verdrossenheit, ihre vorgeschobene Unterlippe, als sie von den mit Knüppeln bewaffneten Polizisten sprach oder auch der Moment, da Freudentränen aus ihren Augen flossen, da sie das Gefühl hatte, gemeinsam mit anderen etwas bewegen zu können. Dieter, ihren späteren Mann, hatte sie zu dieser Zeit schon kennengelernt und sie hatten bereits David, ihren kleinen Sohn, doch jetzt springen meine Gedanken über zu Max, unserem

Lehrer, durch den mir die damaligen Geschehnisse erst verständlicher geworden sind. Verbunden mit dem Aufruhr von '68, so vermute ich nun, fühlte sich Mirella als Teil einer Generation, die gegen ihre Eltern aufbegehrte, ihnen vorwarf unter Hitler begangene Gräueltaten nicht bearbeitet, sich mit eigenen Anteilen nicht auseinandergesetzt zu haben, um unreflektiert, mit Blick auf materielle Güter, das neue Deutschland aufzubauen. Später hatten sich Mirellas Vorwürfe sicher relativiert, doch wie mir jetzt auch bewusstwird, sah ich sie über die Jahre hinweg in Familiendiskussionen oft allein dastehen. Selbst Dieter, der politisch auf ihrer Linie war, hielt sich aus derartigen, so wie er sagte, emotionsgeladenen Gefechten, heraus und inzwischen jugendlich, waren es Patrick und ich, die versuchten Mirella zu Hilfe zu kommen. So bestätigten wir sie in ihrer Ablehnung der Atomwaffen, des Kalten Krieges oder ihrer Fürsprache für die Rechte von Ausländern, lernten jedoch gerade unsere Großeltern dabei von einer anderen, sehr strikten Seite kennen und machten die Erfahrung von ihnen nicht verstanden und in unserer Argumentation nicht ernst genommen zu werden. Insbesondere Patrick erzürnte sich darüber und es war mein Großvater, der dann manches Mal nachgab, einlenkte, um Patricks Zorn im Zaum zu halten und die Auseinandersetzung nicht aus dem Ruder gleiten zu lassen.

Sonntag, der 14. Januar

Zuhause liegt ein Umschlag auf meinem Schreibtisch. Doch diesmal finde ich darin keine Gedichts Collage, sondern einen Auszug aus dem Song 'Halfway to Crazy' von The Jesus and Mary Chain, die schottische Band, die Najib immer Jesus And The Mary Chain nennt. Letzten Dezember habe ich die Gruppe kennengelernt, als Najib mich zu einem Konzert mitnahm. Mit Verwunderung stellte ich damals fest, dass er die laute und dröhnende Musik zu mögen schien, mit dem

Fuß mitwippte, als ich mich in den hinteren Teil der Halle zurückzog, um abseits der Boxen eine Zigarette zu rauchen. In dem von Najib zitierten Textzeilen geht es um die Frage des Selbstmords als Ausweg auf dem Weg zur Verrücktheit oder doch nur als Ausdruck bloßer Verschwendung... und damit genau um die Themen, die mich seit den Tod meines Bruders nicht mehr loslassen. Mir wir übel, schwindlig, es ist, als ob sich plötzlich der Boden unter meinen Füßen zurückzieht und daran ändern auch die weiteren von Najib hinzugefügten Worte „but something won't let me go to the place where the darklands are" nichts, die sich auf das eher ruhigere, langsamere Lied 'Darklands' der gleichen Musikgruppe beziehen. Ich verstehe, dass Najib leidet, doch ich weiß auch, dass es eine Sache ist, über Verrücktheit und Selbsttötung zu sinnieren, die andere, sich wirklich derart verzweifelt zu fühlen, keinen Ausweg zu sehen, und es wirklich zu tun. „Hat Najib über sein eigenes Leid denn meines völlig vergessen?", ist die Frage, die ich mir jetzt stelle.

Montag, der 15. Januar

Der erste Schultag im neuen Jahr und Marlene lästert über Andie, der eine Eiswerbung nacherzählt, die schon länger im Kino läuft. Da Marlene selten schlecht über andere spricht, bin ich sicher, dass sie es allein für mich tut.

Auf dem Weg nach Hause denke ich darüber nach, mit dem Lernen zu beginnen, denn zum Abitur ist es nicht mehr weit. Eine Stunde am Tag möchte ich von nun an mit Chemie verbringen und verschiebe Französisch, Gemeinschafskunde und Deutsch nach hinten, da ich glaube, dass es ausreicht, kurz vor den Prüfungen die Unterlagen durchzugehen. Meinen Chemieordner in der Hand haltend, laufe ich noch heute an unserem See entlang und sage laut chemische Zusammensetzungen vor mich her, als ich auf Najib treffe, dem meine Mutter gesagt hat, dass ich hier bin. Ich frage ihn, ob er weiß, was Alchemie ist - ein Begriff, den ich in dem Dylanbuch von Robert Shelton gefunden habe, das er mir erst kürzlich geschenkt hat. Er weiß es nicht, verspricht aber, es in Erfahrung zu bringen.

Dienstag, der 16. Januar

Nach der Schule, auf der Waage meiner Großeltern und es bestätigt sich Lydias Aussage, nach der ich abgenommen habe. Der Zeiger steht auf 50 und ich beschließe trotzdem weiterzumachen, nur für den Fall, dass ich unerwartet zunehmen werde. Insbesondere London hat meine Anschauung des Fastens, des Verlangens dünn zu sein, verstärkt, denn ich habe erfahren, dass ich meinen Körper wirklich unter Kontrolle habe und auf meinen Willen, meinen Geist bauen kann. Verachtend schaue ich nun auf andere herab, die in meinen Augen lediglich für Essen und Schlaf leben.

Sebastian erzählt am Abend, dass er bei Sturm und Regen auf dem Außengelände einer Pfarrei gearbeitet und dass der Pfarrer seinen Kollegen und ihm während ihrer Mittagspause keinen Platz in seiner Kirche angeboten hat. Sebastian empfindet Mitleid für den in die Jahre gekommenen Geistlichen, dem er ein Leben in Heuchelei unterstellt.

Freitag, der 19. Januar

Gemeinsam mit Noack gehen Sebastian und ich ins Negativ, eine Disco, die neben alltäglich, in Jeans und Pullover gekleideten, auch jungen Leuten in schwarzen Gewändern und weiß geschminkten Gesichtern als Treffpunkt dient. Freitags sind wir oft hier, denn wir mögen die leicht düstere Musik, die große Tanzfläche und den Kicker, der sich im Eingangsbereich befindet. Skeptisch sind wir jedoch gegenüber den Gruftis, von denen wir gerade drei auf der Tanzfläche sehen, die im einstudierten Schritt nebeneinander herhüpfen. Wir unterhalten uns darüber, dass sie bei Tag vermutlich in unauffälliger Kleidung in einem gewöhnlichen Büro sitzen und ich denke an Marlene wie sie kürzlich zu mir gesagt hat, dass die Mädels sich hier genauso aufstylen wie in all den anderen Clubs, nur, dass sie dazu auffälligere Schminke und dunklere Klamotten verwenden.

Wir tanzen lange, bis in den Morgen hinein, und fahren danach mit einem Taxi zu Noack, der im gleichen Stadtteil wie Sebastian wohnt. Wir betreten seine kleine Wohnung, die voller Sachen ist, auf mich aber gemütlich und einladend wirkt. Zu dritt machen wir es uns auf dem Wohnzimmerteppich gemütlich und kaum, dass wir uns hingelegt haben, beginnen die beiden zu schnarchen. Ahnend, dass ich keine Ruhe neben ihnen finden werde, liege ich eine Weile wach, bevor ich mich dazu entschließe aufzustehen und herauszuschleichen. Als ich Minuten später die Haustür hinter mir ins Schloss ziehe, bin ich froh, dass ich nicht gehört wurde und trete erleichtert auf die Straße hinaus. Dabei lasse ich meine weinroten, spitzen Schuhe, die ich heute zum ersten Mal getragen habe, nicht aus den Augen und beobachte, wie sie sich von den grauen Pflastersteinen abheben und die morgendliche Ruhe durch lautes Klacken stören. Seltsam frei, gleiten meine Gedanken danach zu meinem Vater, der mir erzählt hat, dass er genau diesen Weg oft in entgegengesetzter Richtung gelaufen ist. Zusammen mit mir nahm er jedoch den Bus und ich liebte die Strecke, die einzige, die ich kenne, die mit gelben Laternen beleuchtet ist.

Ich laufe schneller und erreiche die erste U-Bahn, die kurz nach fünf in die Haltestelle an der Miquelallee einfährt. Glücklich zu wissen, dass ich in einer halben Stunde nur auf meinem Bett liegen werde, lehne ich mich in den Sitz zurück und denke an Sebastian, der vermutlich noch immer vor sich hinschnarcht. Zuhause sinke ich dann in einen tiefen und wohligen Schlaf und werde erst am späten Vormittag geweckt - von Sebastian, der anruft, um zu sagen, dass er sich einsam fühlt ohne mich und außerdem vor seinem Freund schämt.

Sonntag, der 21. Januar

Ich treffe Najib am Nachmittag und er erklärt mir, dass Alchemie eine geheime Lehre ist, mit der man Dinge, Materien verändern kann. Ungläubig schaue ich ihn an, doch Najib lässt sich von mir nicht irritieren und führt weiter aus, dass Alchemisten früher Stein in Gold oder Wasser in Wein verwandelt haben. An Goldgräber und Jesus erinnernd, bin ich jetzt sicher, dass er etwas falsch verstanden haben muss, möchte aber nicht unhöflich sein und beschließe das Thema fallen zu lassen.

Montag, der 22. Januar

'Blues Brothers' mit Sebastian in einem alternativen Filmtheater und ich kann nicht nachvollziehen, warum der Film einst so erfolgreich gewesen ist. Auf der Rückfahrt im Auto diskutiere ich mit Sebastian darüber und plötzlich, aus einem allgemeinen Unwohlsein heraus, bitte ich ihn anzuhalten, um mich an der nächsten U-Bahn-Station herauszulassen. Ratlos nimmt er meinen Ausbruch entgegen und mich vom Auto entfernend, weiß ich bereits nach wenigen Metern, dass ich einen Fehler begangen habe. Zu stolz, um mich jetzt umzudrehen, denn ich spüre Sebastian ist noch immer hinter mir, bin ich später umso erleichterter, als ich ihn vor meinem Haus erkenne. In meine Richtung blickend, streckt er mir eine rote Rose entgegen und ich renne auf ihn zu, verdecke mein Gesicht in seiner schweren Lederjacke. Ich bitte um Entschuldigung, weine und er umschließt mich fest.

Mittwoch, der 24. Januar

Najib lädt Sebastian und mich zu sich nach Hause ein und ich bin gespannt auf den Nachmittag, denn Sebastian und Najib sind bisher nur zufällig aufeinandergestoßen. Da Sebastian weiß, was Najib mir bedeutet, ist er schon länger daran interessiert ihn näher kennenzulernen. Bei Najib hingegen war ich mir unsicher, ob er ein Treffen möchte, weil er noch nie etwas gesagt hat. Auch geht er selten darauf ein, wenn ich von Sebastian spreche - fast so, als ob es ihn gar nicht geben würde.

Najib begrüßt uns lächelnd und führt uns in sein Zimmer, in dem er auf einem Tablett schwarzen Tee und indische Süßigkeiten vorbereitet hat. Er reicht uns die verschnörkelten Tassen und Sebastian schaut sich in dem Raum um, von dem ich ihm schon viel erzählt habe. Nahezu leer, umgibt sich Najib nur mit den Sachen, die er wirklich braucht oder die ihm ganz besonders gefallen: einer Matratze, die mit einer kuscheligen Tagesdecke überzogen ist, einem Schreibtisch, in dessen Fächer er Hemden und T-Shirts stapelt, Bücher, die auf dem hellen Teppich herumliegen und Platten, die an die Wand gelehnt sind. Herausstechend sind lediglich der Fernseher, der in Mitte des Zimmers steht, aber auch die vielen Schwarz-Weiß-Fotografien, die seine Wände zieren. Angetan bin ich dabei vor allem von dem Motiv der Liebenden in Paris ('Le Baiser de L'Hotel de Ville') oder der Postkarte mit der dunkelhaarigen Frau, die an ihrem nackten Oberkörper ein Baby hält. Wunderschön - wenngleich etwas rundlicher als es meiner Idealvorstellung entspricht -, war sie schon oft Teil meiner Gedanken und ich rätselte über ihre Nacktheit, ihre Verschmelzung mit dem kleinen Wesen auf ihrem Arm, die mich auf seltsame Weise anzog und dann auch wieder abstieß.

Najib bietet uns einen Platz auf seiner Tagesdecke an, während er sich gegenüber auf den Boden setzt. Wir sprechen über Musik und Najib und Sebastian finden schnell einen gemeinsamen Nenner. Sie unterhalten sich über Independant Groups und gehen auf verschiedene Texte und Musiker ein. Ich freue mich, dass sie sich so gut verstehen, doch nach einer Weile wird mir langweilig und provozierend, ohne nachzudenken, werfe ich ein, dass New Model Army eine nette Band ist, aber oberflächliche Texte schreibt. Mit dieser Aussage bringe ich dann gleich beide gegen mich auf und ärgere mich über meinen seltsamen Impuls, den ich nicht hätte ausleben müssen. Für einen Moment ziehe ich mich auf die Toilette zurück und achte danach besser auf meine Kommentare.

Donnerstag, der 25. Januar

In der Nacht schreibe ich ein Stück über die Verlorenheit in der Psychiatrie und möchte damit meine Empfindungen der Graue, der Isolation, der hoffnungslosen Routine, die ich dort gesehen habe, festhalten. Zurück gehen meine Zeilen auf einen Besuch in Patricks Klinik und den damals für ihn zuständigen Arzt, an den meine Mutter und ich zwischenzeitlich Fragen entwickelt haben. So konnten wir es beispielsweise nicht verstehen, dass mein Bruder, nachdem er die Klinik verlassen hatte, nicht vermisst wurde. Meine Tante war es, die ihn besuchen wollte und sein Wegbleiben bemerkte. Auch konnten wir nicht nachvollziehen, warum die Ärzte uns nicht besser über seinen Zustand informiert hatten. Unauffällig warfen sie das Wort Schizophrenie in den Raum und ließen uns anschließend mit unseren Mutmaßungen allein. Zuvor wenig über die Erkrankung gehört, empfand ich sie sofort als bedrohlich und folgerte, dass wir, meine Familie, mit ihr nun im Abseits stehen. Ich wusste zu wenig, um die richtigen Fragen zu stellen und hatte gleichzeitig Angst davor, sie herauszufinden. Ich glaube, meiner Mutter erging es ähnlich, nur dass sie nicht mit mir darüber sprach, da sie hoffte, mich damit entlasten zu können. Zudem war niemand da, der sich anbot, ihr etwas zu erklären, Brücken zu bauen, im Umgang mit ihrem Sohn, im Umgang mit ihrer Tochter und so beschränkte sie sich darauf, Patrick so oft sie nur konnte zu besuchen und ihm so viel Liebe zu schenken, wie es ihr möglich war. Darüber hinaus ging alles furchtbar schnell und noch heute sind wir im Unklaren darüber, wie Patricks Zustand eigentlich gekommen ist, welche Zukunftsaussichten er gehabt hätte und wann er voraussichtlich aus der Klinik entlassen worden wäre. Auch mein Bruder wusste zu seinen Lebzeiten von alldem nichts, schämte sich jedoch - bis auf meine Mutter und meine Tante - für jeden Besucher, den er in der Psychiatrie empfing. Selbst in meiner Gegenwart verhielt er sich still, brauste aber auf, wenn einer der Patienten es wagte, mich anzusprechen.

Der Arzt, Anfang dreißig, half uns dann nicht aus unserer Verzweiflung heraus, sondern wirkte - wenngleich betroffen - sehr angespannt und konzentrierte sich darauf die richtigen Antworten zu geben. So widerlegte er beispielsweise seine frühere Aussage meiner Mutter gegenüber, dass Patrick wieder hätte gesund werden können und versteifte sich darauf, dass er ein Leben lang Tabletten hätte nehmen müssen. Meine Mutter nahm ihn nicht beim Wort, doch ich widersprach sofort, sagte, dass mein Bruder zu kurz in der Klinik war, um so etwas anzunehmen. Im gleichen Augenblick jedoch fühlte ich mich müde, erkannte die Sinnlosigkeit der Diskussion: Patrick würde davon nicht zurückkommen und ob der Arzt die Wahrheit sagt oder sich nur schützen möchte, werden wir nicht herausfinden... Auf dem Weg nach draußen schaute ich ein letztes Mal auf die kahlen Gänge, die weißen Wände, die schweren Türen, die die Stationen abschließen. Mitleid überkam mich bei dem Gedanken an die hier Zurückgelassenen - die, die an diesem Ufer gestrandet sind, die, die sich einen Funken Lebensmut erhalten haben und ihn hier verlieren werden.

Samstag, der 27. Januar

Lydia hat mich gestern auf dem Schulhof angestupst und gesagt, dass sie sich verliebt hat. Sie erzählte mir, wie sie den Mann ihrer Träume kennengelernt, wie er sie in der Kneipe angesprochen hat und wie sie sich bis in den Morgen hinein mit ihm unterhielt und Billard spielte.

Am Abend, während meiner Schicht im Kino, lerne ich ihn dann kennen, denn Lydia kommt vorbei und bittet mich sie zusammen mit ihm und seinem Freund in einen Film zu schleusen. Ich tue es, habe aber ein schlechtes Gefühl und wundere mich darüber, dass ihre Begleitung nun ihre große Liebe sein soll. Der dünne Mann mit den langen unfrisiertem Haar, dem kamelfarbenen Ledermantel und der ausgefransten Jeans, sieht verzottelt aus - genau wie sein Freund und der mitgebrachte Hund.

Sonntag, der 28. Januar

„Weißt du Baby, wenn ich morgens aus dem Fenster schau, seh' ich Blumen blüh'n, ich will sie dir alle pflücken, doch wenn ich dann vor die Türe trete, sind sie verschwunden. Ich komme öfters zu spät aber nie rechtzeitig. Gestern Abend lief 'ne Party in New Orleans, ich sattelte mein Pferd und ritt gen Süden, ich kreuzte den Mississippi und landete in 'Frisco, ich bestellte 'nen Drink in 'ner Bar. Ich komme öfters zu spät aber nie rechtzeitig. Ich hörte da von 'nem Girl, sie hat 'nen Laden draußen vor der Stadt, zehn Dollar pro Kopf, ein fairer Preis für 'ne schlechte Nacht, ich machte mich auf den Weg, sie war schon alt und verbraucht, zehn Jahre zuvor und ich hätte was verpasst. Ich komme öfters zu spät aber nie rechtzeitig. An einem düst'ren Tag kam ich an einen seltsamen Weg, ich sah ein Kreuz, einsam aber nicht gepflegt, als ich einen Kranz niederlegen wollte, entdeckte ich meinen Namen, ich kratzte mich am Ohr und verstand nicht so recht. Ich komme öfters zu spät aber nie rechtzeitig." Neben Sebastian auf der Bettcoach überkommt mich ein Gefühl nach Schreiben - purer Nonsens, doch genieße ich ihn. Sebastian übt währenddessen auf seinen kleinen afrikanischen Trommeln, bevor es kurz darauf klingelt und mein Onkel zu Besuch kommt.

Selbst gebackener Käsekuchen meiner Mutter auf unseren Tellern, verkündet Marius später stolz, dass die Bank, bei der er angestellt ist, ihm angeboten hat, in den neuen Bundesländern zu arbeiten. Bereits zugesagt, wird er schon im Herbst eine Wohnung in Leipzig beziehen. Seine Freundin wird ihn dabei nicht begleiten, denn, so wie er uns jetzt offenbart, hat er sich kürzlich getrennt. Uns jedoch möchte er so oft wie möglich bei sich begrüßen und bietet insbesondere seiner Schwester Marie einen längeren Aufenthalt an.

Dienstag, der 30. Januar

Marlene und ich besuchen den Frauentag im Negativ und brauchen eine Weile bis wir bemerken, dass wir unter Lesben sind. Marlene wird angesprochen und sagt zu mir, dass sie daran gewöhnt ist von Männern angegafft zu werden, nicht aber von Frauen und dass es sich von Frauen noch schlechter anfühlt. Wir treffen auf eine Klassenkameradin, die mir schon länger seltsam vorkam, da sie sehr zurückgezogen ist. Frühzeitig verlassen wir den Laden.

Samstag, der 3. Februar

An der Theke, beim Bäcker, im Einkaufsmarkt und plötzlich wird mir schwindlig und schlecht. Unfähig meine Bestellung aufzugeben, höre ich den Verkäufer zum zweiten Mal fragen, was ich möchte, bevor mir schwarz vor Augen wird und ich die Kontrolle verliere. Als ich wieder aufwache, befinde ich mich ein paar Meter von der Theke entfernt. Mike - etwas älter als ich und früher gefürchtet im Ring - sitzt neben mir und fragt, ob alles in Ordnung ist. Ich nicke und zeige auf Sebastian, der gerade von den Zeitungsständern zurückkehrt und mich auf dem Boden sieht. Schnell läuft er auf mich zu und fragt, was los ist, doch bevor ich ihm antworten kann, tut es der Nachbar, der kürzlich schlecht über Patrick gesprochen hat. Er sagt, dass ich in Ohnmacht gefallen bin und bittet die Kassiererin mir eine Decke zu bringen und den Rettungswagen zu rufen. Die Sirene ertönt nur Minuten später und zwei Sanitäter eilen herbei, die nach meinem Namen, dem Geburtstag und dem heutigen Datum fragen. Danach erst heben sie mich auf eine Bahre und bieten Sebastian an, ihrem Auto zu folgen.

In einem kahlen Raum wird mir Blut abgenommen und ich versuche mich zu wehren, kann es aber nicht verhindern, dass eine Schwester nach der anderen mir in den Unterarm sticht, ohne eine Vene zu treffen. Einer zweiten Ohnmacht nahe, rufen sie den Oberarzt, der angeblich besser ist und lächelnd den Raum betritt. Ende 30 gibt er mir die Hand und fragt väterlich, ob ich die Pille nehmen und rauchen würde. Als ich beides bejahe, sagt er, dass er es nicht verstehen kann, dass ein junges hübsches Mädchen so wie ich auf diese Weise ihr Leben gefährdet. Zusätzlich prophezeit er mir Stützstrümpfe und Arterienverstopfung und ich mag die bestimmende Art, mit der er mit mir umgeht. Gleichzeitig bin ich stolz auf das Tadelnde in seiner Stimme, meine schlechten Gewohnheiten, die Unvernunft, die mich in meinen Augen von der Welt der Erwachsenen trennt.

Ohne etwas Auffälliges gefunden zu haben, werde ich bald entlassen und auf dem Weg nach draußen ruft der Oberarzt mir hinterher, dass ich in Zukunft langsam machen soll. Sebastian nickt währenddessen, hält meine Hand fester als zuvor und gesteht, dass selbst ihm beim Anblick der vielen Spritzen schlecht geworden ist. Wir fahren nach Hause und holen endlich das Frühstück nach, für das wir eigentlich einkaufen waren.

An unserem Küchentisch, Sebastian gegenüber, denke ich an letztes Jahr, letzten Februar und daran, dass ich auch damals in Ohnmacht gefallen bin. Passiert war es auf dem Flohmarkt, mit Lydia, kurz nach der Einweisung meines Bruders ins Krankenhaus, kurz nachdem er sich das Küchenmesser in die Lunge gerammt hatte. Eine Krankenschwester, die zufälligerweise in der Nähe war, kümmerte sich um mich und fragte, ob ich nicht gegessen habe. Ich hatte aber und konnte mir das Umfallen nicht erklären. Ich dachte an die Kälte, die ich nicht mag und die mir auch jetzt als Grund erscheint, doch gleichzeitig erinnere ich das gestrige Gespräch mit meiner Mutter, ihre Schilderung des Besuchs des Neurologen, der meinen Bruder nach seiner Entlassung aus der Psychiatrie betreuen sollte. Nach wenigen Minuten nur, ohne Vorwarnung, stellte er erneut die Papiere für die Klinik aus und Marie, die ihrem Sohn zuvor versprochen hatte, nicht wieder an diesen versteckten Ort im Wald zurückkehren zu müssen, schaffte es nicht, sich zu wehren, fühlte sich überrannt, ebenso wie Patrick, der sich von diesem Schock nicht wieder erholen sollte.

Samstag, der 3. Februar

Najib mag das Lied 'You're Too Young' von der irischen Rockband A-House, das er mir auf Kassette aufgenommen hat. Neulich erst lächelte er mich länger an und sagte, dass er uns beide darin sieht. Heute spiele ich den Song mehrfach nacheinander ab, spule das Band immer wieder zurück, um mir die englischen Worte ins Deutsche zu übertragen: Ein angesprochenes Du ist zu jung, um angstvoll, verletzend, zynisch, aufmerksam, nachdenklich... zu sein oder den Grund für das Warum zu verstehen. Erst wenn es wächst, kann es wie sein Gegenüber und jeder werden. Ein sprechendes Ich hingegen ist zu alt, um verspielt, jugendlich, sündig, nützlich, prahlerisch... zu sein oder den Grund für das Warum zu verstehen. Aber wenn es wächst, möchte es werden wie das Du. Ich verstehe, was Najib mir damit sagen möchte.

Mittwoch, der 7. Februar

Petras Oma ist verstorben und ich begleite meine Freundin zur Beerdigung. Petras Mutter sagt, dass sie erkennt, was dies für mich bedeuten muss. Die Großmutter vererbt ihrer Enkelin ein wenig Geld und Petra glaubt, dass es ihr recht gewesen wäre, wenn sie Kleider davon kauft.

In der Nacht fühle ich Patrick nahe bei mir und versuche zu schreiben - über Jugend, Selbstfindung, Träume sowie die Möglichkeit zu scheitern.

Freitag, der 9. Februar

Sebastian baut ein Stativ auf dem Gelände unseres Jugendhauses auf und um ihm herum befinden sich Marlene, ihre Kusine Emma, Natalia, Florian und ich. Gemeinsam warten wir auf die angekündigte Mondfinsternis und ich denke an Emma, die gleich neben mir wohnt und im nächsten Monat einen amerikanischen Soldaten heiraten wird. Ich kann es nicht fassen, dass sie sich traut, nur ein Jahr älter als ich und mit der Ausbildung noch nicht fertig. Sie möchte mit ihrem zukünftigen Mann in die Vereinigten Staaten ausreisen und ich weiß nicht, ob ich eifersüchtig auf sie bin oder mit meinem Leben zufrieden sein soll. Angezogen von ihrer zur Schau gestellten Schönheit, der schmalen und unter dem taillierten roten Mantel sich abzeichnenden Figur, dem stolzen Gang und Blick, beobachte ich sie, wie sie mit Florian spricht, in ihrer Art nett und offen, aber irgendwie auch übertrieben.

Sebastian hält den Moment über Aufnahmen fest und schenkt mir Tage darauf einen Bilderrahmen, in dem er zwei Fotos gesetzt hat.

Eines davon zeigt den Mond mit gelblichen Rand, das andere das gleiche Motiv, an der Stelle des Randes aber etwas Weißes und Verwischtes. Über Marlene werde ich im März erfahren, dass Emma ihren Soldaten nicht geheiratet hat.

Samstag, der 10. Februar

Auf der Zeil. Es ist bitterkalt und Sebastian und ich flüchten zu einem Juwelier, bei dem wir uns Freundschaftsringe aussuchen. Wir wählen schlicht, silbern und geriffelt und geben die Gravur unserer Namen in Auftrag.

Später zuhause backt Sebastian Jacket Potatoes - gefüllte Kartoffeln mit Wurst, Quark und Käse - und vor allem Mutti ist begeistert. Nicht nur freut sie sich über das neue Kartoffelgericht, sondern auch darüber, dass ich warm esse und glücklich bin. Der Nachmittag fühlt sich an wie Advent mit Kerzen und Plätzchen und ich wünschte er könnte bleiben.

Sonntag, der 11. Februar

Zehn Stunden Arbeit vor mir und Sebastian neben mir auf meiner Bettcoach. Kaum kann ich mir vorstellen, ihn jetzt zu verlassen, in die Kälte hinaus zu gehen, doch tröste ich mich damit, dass es einer meiner letzten Dienste ist, denn das Kino, in dem ich angestellt bin, wird bald geschlossen.

Mittwoch, der 14. Februar

Eine Hundevereinskneipe im Wald von Rödelheim, das Hexenhaus von Hänsel und Gretel, das ich bereits über meine Mutter kenne, die früher hier heimlich mit ihren Verehrern saß. Sebastian und ich beschließen einzukehren, einen Grog zu uns zu nehmen, da ich mich erkältet und unterkühlt fühle. Wir bestellen bei dem netten und älteren Wirt, trinken mit einem wohligen Schauer und ich bemerke bald, dass es mir tatsächlich besser geht. Eine angenehme Wärme breitet sich in meinem Körper aus und zufrieden schaue ich auf den altbürgerlich eingerichteten Raum, die mit grünem Stoff bezogenen Eichenmöbel, die Kronleuchter und die Hundebesitzer, die sich nach und nach jetzt einfinden. Seltsam, aber selbst in dieser Umgebung fühle ich mich wohl an Sebastians Seite.

Donnerstag, der 16. Februar

Sebastians Freund Alex und dessen Freundin Yvonne haben Sebastian und mich zum Käsefondue eingeladen und ich möchte mich dieses Mal nicht wieder entziehen. Angst vor Tischsituationen, freunde ich mich wenigstens mit dem Essen an, denn das Brot, der Käse, die Häppchen, kann ich mit meinem Tagesplan vereinbaren.

Vor die kleinen Schüsseln und Teller gesetzt, fühle ich mich trotzdem unsicher und bin dankbar für die Gesprächigkeit von Yvonne, die meine Schweigsamkeit weniger auffallen lässt. Erleichtert, das Essen dann hinter mir zu haben, setze ich mich auf die weiter hinten im Raum stehende Couch und greife nach einer Porzellanpuppe, die ich mir auf die Knie setze. Für einen Augenblick verloren in liebevoller Betrachtung, ziehe ich ihre Gesichtszüge mit den Fingern nach und werde beobachtet von Sebastian, der mir später ins Ohr flüstern wird, dass er es schön fand, mich derart glücklich zu sehen.

Samstag, der 17. Februar

Mit David und Sebastian im Waldstadium und ich denke an früher, an die Zeit als Marius und Mirella mit uns Kindern hierhergekommen sind. Damals träumte ich davon mitzulaufen, unter ihnen, den Fußballern, die ich verehrte und deren Spielerkarten ich in meiner Hosentasche trug. Heute spüre ich jedoch nichts von dieser Verzückung, denn ich habe Bauchschmerzen, sobald das Spiel angepfiffen ist. Unfähig den Ablauf zu verfolgen, fühle ich mich unwohl unter den vielen Menschen und bin froh, als wir erneut in der S-Bahn sitzen. Dort krümme ich mich vor Schmerz und kaufe später an der Tankstelle Kekse mit Zitronencreme, von denen ich mir einbilde, dass sie helfen. Mindestens sieben esse ich davon und denke, dass ich sie morgen abtrainieren werde, doch heute habe ich zu viele Schmerzen, um Schuldgefühle zu hegen.

Mittwoch, der 21. Februar

Max hat letzte Woche darauf verwiesen, dass wir am heutigen Tag anwesend sein sollen, da wir unsere Abiturdaten in unser Kursbuch übertragen. Am frühen Morgen, noch schläfrig, denke ich daran zurück, bin gleichzeitig aber davon überzeugt, dass es einen Ausweichtermin geben wird. Ich schlafe noch einmal ein und werde geweckt von Marlene, die mir über das Telefon rät, so schnell wie möglich in die Schule zu kommen.

Eine Stunde später im Klassenraum ist es dann totenstill. Max würdigt mich keines Blickes und fängt an zu brüllen, als ich bemerke, dass es keinen Stuhl mehr gibt. Er sagt, den könnte ich mir selbst holen und Marlene, die einen Kopf kleiner als ich ist, stellt sich schützend vor mich hin. Sie antwortet, sie erledigt das schon und betroffen laufe ich ihr in das Nachbarzimmer nach, wo sie für mich nach einem Stuhl fragt. Auch für den Rest des Tages werde ich eher still sein.

Freitag, der 23. Februar

Vor meinem Haus stoße ich auf Lukas und er erschreckt sich, als er mich in der zu weiten, für mich wenig schmeichelhaften Daunenjacke meines Bruders erkennt. Mir würde es im umgekehrten Falle vielleicht ähnlich ergehen, doch kann ich mich von der Jacke nicht trennen, genau wie von der graublauen Lederjacke oder das von Patrick geliebte Jeanshemd. Diese Kleidungsstücke trage ich wie eine zweite Haut, andere dagegen habe ich gemeinsam mit meiner Mutter in die Altkleidersammlung gegeben oder an Bekannte verschenkt.

Samstag, der 24. Februar

Fasching, Quartier Latin, das erste Mal in den Räumlichkeiten der Universität. Wir trinken Bier in Pappbechern und ich fühle mich wohl neben Sebastian, Sibille und William, der als einziger von uns als Student eingetragen ist. Zwei Semester Volkswirtschaft hat er bisher belegt und ehrfürchtig schaue ich auf die geschmückten Säle und die jungen Menschen, die zu seinem Leben gehören. Spätestens nächstes Jahr, so denke ich, werde auch ich eine von ihnen sein und wer weiß, vielleicht Vorlesungen in Psychologie besuchen.

Sonntag, der 25. Februar

'One Of Us Cannot Be Wrong' von Leonard Cohen auf meinem Plattenteller und ich sehe den Eskimo der letzten Strophe vor mir, wie er dem jungen Leonard einen Film vorspielt. Seinen Versuch die von beiden Männern umschwärmte und doch unerreichbare Frau in einem Augenblick unerwarteter und bloßer Nacktheit einzufangen. Er, der Eislandschaften gewöhnt ist und seit dieser Begegnung nicht mehr aufhören kann zu zittern. Seine Finger und Lippen ganz blau. Wie er trotz allem an seinem Bestreben nach Befriedigung und Erfüllung festhält. Und auch Cohen würde nicht zögern in den Sturm hinauszugehen, wäre er von der angebeteten Schönen dazu eingeladen... Gesumme, das letztlich in Schreie mündet. Dabei denke ich an Dich Patrick, wie weit Du nun von uns entfernt bist und weine, wie vielleicht auch Du geweint hast. Gleichzeitig tauche ich tiefer in Deinen blauen Schlafsack hinab, genieße es mich selbst unerreichbar zu fühlen, Abstand zu haben, von allem um mich herum.

Mittwoch, der 28. Februar

Sebastian schenkt mir einen klitzekleinen Clown mit blauen Haaren, rosa Schuhen, einer roten Nase und einem schelmischen Grinsen. Seine Bunte und sein Frohsinn bestechen und auch ich beginne zu lächeln und bedanke mich dafür.

Donnerstag, der 1. März

Mit Najib und Sebastian in der Innenstadt und wir wählen eine traditionell deutsche Kneipe, um etwas trinken zu gehen. Ältere Menschen und dunkles Mobiliar um uns herum, sprechen wir über meine Ohnmacht, in die ich Anfang Februar gefallen bin. Najib reagiert seltsam und sagt, dass die Sanitäter, die mich behandelt haben, mich sicher gerne abgeknutscht hätten. Sebastian und ich sind irritiert, wechseln rasch das Thema.

Sonntag, der 4. März

Ein kalter Wintertag und Charlotte und ich sind früh unterwegs. Wir setzen uns in einen Zug und fahren zu einem kleinen Ort an der Mosel, in dem ein Graphologe, Astrologe und Tarot Kartenleger lebt, den wir über Lottas Mutter her kennen. Frau Herrmann schätzt ihn sehr und Lotta und ich sind neugierig.

Charlotte und ich betreten eine schlicht eingerichtete Wohnung und werden von einer älteren Frau empfangen. Sie ist die Mutter und Frau Herrmann hat bereits erzählt, dass Herr Ruben mit ihr zusammenlebt. Dies ist erstaunlich und erinnert mich sofort an meinen Vater, der nach der Scheidung von meiner Mutter auch mehrere Jahre bei seiner Mutter gelebt hat, um danach nur ein paar Häuser weiterzuziehen. Noch mehr verwundert es mich jedoch, dass die Mutter von Herrn Ruben die folgende Sitzung mehrfach unterbrechen wird, nicht nur um Getränke und Kekse anzubieten, sondern auch um Lotta und mich dazu anzuhalten, den „Quatsch" ihres Sohnes nicht zu glauben.

Herr Ruben ist Mitte, Ende Vierzig, hat braunes Haar und braune Augen und trägt eine dunkle Jeans mit hellem Hemd. Unauffällig, besticht er über die Ruhe, die er ausstrahlt und über das Gefühl des Angenommenseins, das er Charlotte und mir schon während der Begrüßung vermittelt. Schnell fasse ich Vertrauen und als er mich, kaum dass ich mit Lotta auf der Wohnzimmercouch Platz genommen habe, bittet, einen Satz aufzuschreiben, nehme ich den vor mir auf dem Tisch liegenden Kuli in die Hand und setze die Worte „Heute ist schönes Wetter" auf ein Blatt Papier. Herr Ruben, der uns gegenübersitzt, dreht das Blatt herum und schaut eine Weile lang darauf. Dann erklärt er kurz und als ob es selbstverständlich wäre, was ich in den letzten Monaten, seitdem ich mich mit der Todeslehre und dem Buddhismus beschäftige, bereits gefühlt habe: „Du bist eine alte Seele, sehr alt, und in deinem vorigen Leben warst du ein Mann. Ein Architekt, sehr bekannt, der aus dem Norden kommt." Überraschend ist für mich der ausgesprochene Beruf und der Ruhm, den Herr Ruben mit ihm verbindet. Er fragt, ob es ein Gebäude gibt, dass mich besonders fasziniert und ich denke an meinen Londonurlaub, an Big Ben, den mächtigen Turm, dessen Bauwerk mich jedes Mal, da Najib und ich an ihm vorbeigelaufen sind, in Erstaunen versetzte. Herr Ruben nimmt meine Aussage ernst und äußert, dass ich bei der Entstehung vermutlich mitgewirkt habe. Darüber hinaus rät er mir zu einer Hypnose, wendet aber ein, dass ich aufpassen muss, zu wem ich gehe. Dann schaut er zurück auf das Papier und weist mich darauf hin, dass jedes meiner geschriebenen Worte einer Insel gleiche und dass Trauer und Rückzug daraus zu erkennen sind. Er macht eine Pause und sieht mich länger an und ich erzähle von meinem Bruder und seinem Tod. Herr Ruben berechnet die Konstellation seiner Geburt und sagt, dass diese bereits auf eine Selbsttötung hinweise. Außerdem führt er aus, dass Selbsttöter so lange wieder geboren werden, bis sie ihr Muster durchbrechen und einen anderen Ausweg als Selbsttötung finden. Herr Ruben spricht zudem von Gift, das Patricks Tod bedingt hätte und ich denke an das Psychopharmaka, das mein Bruder in seinen letzten Lebensmonaten geschluckt hat. Herr Ruben sieht auch meinen Vater, seine Alkoholsucht und die sich daraus ergebende Frühpensionierung, außerdem das Migräneleiden meiner Mutter.

Im nächsten Schritt nimmt Herr Ruben die Daten meiner Geburt auf und spricht von einer besonderen Konstellation der Sterne. Er schreibt mir eine außergewöhnliche Begabung für Zahlen zu und spricht von C.G. Jung, den er mir vorschlägt zu lesen. Er sagt auch, dass ich sehr glücklich werden kann, wenn ich es schaffe meine Trauer zu überwinden. Ich freue mich, denke aber im selben Moment, dass er sich nicht wirklich wie ein Wahrsager verhält, sondern eher wie ein Therapeut, der mich in seinem seriösen und nachdenklichen Auftreten erneut an meinen Vater denken lässt, daran erinnert, wie ich ihn in meiner Kindheit und frühen Jugend - noch vor dem Tod seiner Mutter - erlebt habe. „Sicher", so denke ich bei mir, „verlässt er das Haus nicht ohne Armbanduhr oder Kugelschreiber in der Innentasche seines Jacketts, ganz gleich wie es mein Vater gehalten hat."

Nach der Abhandlung der Konstellation meiner Geburt, legt Herr Ruben die Tarot Karten auf den Tisch und über die verschnörkelten Motive erfahre ich Weiteres über die Gegenwart und darüber hinaus. So erkennt er meinen derzeitigen Kummer um meinen Fahrlehrer, um die Tatsache, dass ich - anfangs erfolgreich - immer mehr Angst vor dem Fahren und seinen herabwürdigenden Sprüchen habe und letztlich in der Praxis versage. Die theoretische Prüfung bestanden, schlägt Herr Ruben vor, die Fahrschule zu wechseln und nachdem ich bereits selbst dieser Idee nachgehangen habe, setze ich sie in den nächsten Tagen in die Tat um. Auch erkennt Herr Ruben Najib, der mir seltsamerweise näher als Sebastian liegt und den Herr Ruben mit den Worten, dass ich aufpassen soll, abhandelt. Den Partner fürs Leben würde ich ohnehin erst während meiner Studienzeit finden - einen Partner, mit dem mich gleiche Interessen verbinden, die Psychologie beispielsweise. „Wenn du möchtest, kannst du zwei Kinder haben und dein zukünftiger Mann besitzt ein anständiges Gut", höre ich weiter seiner angenehmen, beruhigenden Stimme zu. In meiner Zukunftsprognose ist er nicht zu stoppen und nach einer Weile unterbreche ich ihn höflich, da ich merke, wie Charlotte neben mir auf der Couch hin- und herrutscht. Sie ist unruhig, denn auch sie möchte etwas erfahren und ich bin froh, als Herr Ruben sich ihr zuwendet. Im Gegensatz zu mir wirkt sie vorbereitet und hat sehr konkrete Fragen. Die meisten davon beschäftigen sich mit Jungs und Herr Ruben antwortet ihr geduldig. Als er ihr sagt, dass sie zweimal heiraten wird, ist sie entsetzt und bereit ihrem Schicksal entgegenzuwirken. Sie fängt an zu diskutieren und ich muss lächeln, ebenso Herr Ruben, der sich auf die Auseinandersetzung einlässt. Irgendwie einigen sich die beiden und es wird Zeit aufzubrechen. Herr Ruben lässt die Menschen, die zu ihm kommen, das bezahlen, was sie entbehren können und da er sich so lange und intensiv mit mir beschäftigt hat, würde ich ihm gern mehr Geld geben, als ich dabeihabe.

Glücklich, nahezu überschwänglich, fahre ich mit Lotta nach Hause und bin traurig, als ich Jahre später über Frau Herrmann erfahre, dass Herr Ruben verstorben ist. Frau Herrmann wird sagen, dass eine unerfüllte Liebe eine große Rolle spielte und ich werde verwundert darüber sein, dass ein Mensch, der anderen Trost und Zuversicht spendete, selbst in Trauer stirbt. Von seinem Tod betroffen, werde ich ihm gedenken und hoffen, dass es ihm gut geht, in einer Welt, von der ich glaube, dass sie ihm nicht ganz so fremd erscheint wie all den anderen von uns.

Montag, der 5. März

Ich erzähle meiner Mutter von dem Besuch bei Herrn Ruben und sie sagt, dass das Gift, von dem er gesprochen hat, auch die Tabletten meines Vaters sein könnten. Patrick hat sie vielleicht während der Zeit, da er bei ihm gelebt hat, ausprobiert und bei späteren Besuchen heimlich entwendet. Meine Mutter folgert weiter, dass es sogar möglich sei, dass sie der Auslöser für die Halluzinationen vor seinem ersten Selbsttötungsversuch gewesen sind.

Dienstag, der 6. März

In der Straßenbahnlinie 15. Sebastian und ich tragen dunkle Mäntel, Stiefel und Hüte und in den Sinn kommt mir Bonny und Clyde, die Outlawliebesgeschichte, die mich bereits als Kind fasziniert hat. Dann springen meine Gedanken über zu Herrn Ruben, das, was er über Selbsttöter gesagt hat, Patrick ein Geistwesen neben mir, eines, das ich vielleicht erfühlen könnte, eines, das seinen Frieden noch nicht gefunden hat.

Donnerstag, der 8. März

Weltfrauentag und Sebastian und ich sind erstaunt, als wir am Abend in einer Kneipe zwei grüne Plastikquadrate auf den Tisch gelegt bekommen. In ihnen befinden sich Binden der Marke Always, die ihren Teil zur Emanzipation der Frauen beigetragen haben sollen.

Samstag, der 10. März

Kurz nach Mitternacht und C.G. Jungs Einführung in das 'Tibetanische Totenbuch', das Sebastian mir geschenkt hat und von dem ich überrascht war, dass man es in einer gewöhnlichen Buchhandlung kaufen kann. Ich beginne zu lesen und werde bald darüber nachdenken, Todeslehre, Thanatologie, in Freiburg zu studieren - der einzigen Stadt in Deutschland, die, so wie ich erfahre, diesen Studiengang anbietet.

Sonntag, der 11. März

Mit Marlene und Florian fahren wir abends in den Taunus hinauf, um danach waghalsig die dunklen, dicht mit Bäumen umsäumten Abhänge herunterzurodeln. Ich fühle mich frei, verrückt, fähig all meine Träume zu verwirklichen und denke dabei an Mirella und Dieter, die zusammen mit meiner Mutter und uns Kindern an Sonntagen oft diese Strecke genommen haben. Mein Übermut wird erst gebremst, als wir unten ankommen und darüber beratschlagen, wie wir unser Auto, das wir oben stehen gelassen haben, zurückholen werden. Florian und Sebastian bieten sich an, den Berg hochzulaufen und Marlene und mich zunächst in eine Kneipe begleitend, trinken wir dort Tee mit Rum und hoffen, dass unseren Freunden nichts geschieht.

Eingemummelt im dunkelroten Schal, sehe ich Sebastian nach etwa anderthalb Stunden wieder im Türrahmen auftauchen und bin mehr als glücklich, dass die beiden den Weg gefunden und so schnell zu uns zurückgekehrt sind.

Montag, der 12. März

Marlene kämpft im Sportunterricht für meine Note, denn ich bin nicht anwesend und die Lehrerin möchte mir aufgrund meines häufigen Fehlens 0 Punkte geben. Marlene erbettelt einen Gnadenpunkt und ich bin ihr unendlich dankbar, denn ohne ihre Hilfe wäre ich - obwohl ich den Kurs nicht einbringen muss und bereits drei Sportkurse mit der Note sehr gut absolviert habe - zum Abitur nicht zugelassen. Dies hätte mir den Rest gegeben und ich hätte sicherlich nicht wiederholt.

Enttäuscht und wütend werde ich später, nach meinem Abitur, auch an die anderen Lehrer denken, die mir aufgrund meiner Fehlzeiten Punkte abgezogen haben. Die meisten von ihnen mag ich, doch dann wird mir klar, dass keiner von ihnen nach dem Tod meines Bruders sich mit meinem häufigen Fernbleiben vom Unterricht auseinandergesetzt hat. Weiterhin gute Leistungen auf dem Papier, war ich fern davon ein Wackelkandidat zu sein und sie haben es nicht für nötig gehalten mit mir über meine Situation zu sprechen. Am tiefsten traf mich das Verhalten meines Mathelehrers, der mich von 13 Punkten auf 7 fallen ließ. Als ich ihn daraufhin ansprach, erklärte er beleidigt, dass ich entweder nicht anwesend gewesen sei oder Blödsinn mit meinen Klassenkameraden getrieben hätte. Mit meinen Tränen kämpfend, stammelte ich, dass er vermutlich nicht wisse, was mit mir los ist, um später - genau wie die gesamte Klasse -, um einen einzigen Punkt heraufgesetzt zu werden. Nicht auf mich eingestellt, so scheint es, und in den Sinn werden mir die Klassenkameraden mit Drogenproblemen kommen, bei denen sie eher ein Auge zugedrückt haben. Mich dagegen behandelten sie wie jeden anderen, doch mein Gerechtigkeitsgefühl wird mir sagen, dass auch ich etwas Spezielles verdient hätte.

Dienstag, der 13. März

Najib hat mich zu einem Theaterstück mit japanischen Darstellern eingeladen und Sebastian ist verärgert, da ich meine Lippen schminke und mir einen Hosenrock von meiner Mutter leihe, den ich mit einem Gürtel zusammenbinde. Er sagt, dass ich für ihn diesen Aufwand nicht betreibe und ich entgegne, dass ich mit ihm auch noch nicht im Theater war. Während des Zuschauens gefallen mir am besten die jungen Männer auf den verbeulten Fahrrädern, mit denen sie hinfallen, um dann wieder aufzustehen.

Donnerstag, der 15. März

Sebastian nennt mich „meine Königin" und ich bin stolz darauf, frage mich aber gleichzeitig, ob es nicht besser ist Prinzessin zu sein.

Samstag, der 17. März

Sebastian und David schauen Fußball im Wohnzimmer während ich in meinem Zimmer nebenan Gymnastik treibe und Billy Bragg, 'Workers Playtime', höre. Dabei denke ich an Mirella, die gesagt hat, dass sie die Musik nicht leiden mag und ich verstehe sie nicht, denn ich liebe die harten, rebellischen und doch melodischen Töne...

Allein, einsam, weiß ich, dass ich über die Klänge hinaus meinen Körper habe, der sich mit der Zeit immer schmaler formen lässt und

sich gerade im Augenblick eigen, stark und irgendwie mystisch anfühlt.

Dienstag, der 20. März

Die erste schriftliche Abiturprüfung und Sebastian und ich haben
gestern darauf geachtet vor Mitternacht nach Hause zu kommen. Am
Morgen weckt mich Phil Collins, 'Another Day in Paradise', und obwohl ich kein Fan von ihm bin, fühle ich mich berührt und nehme
eine seltsame Ruhe und Leichtigkeit in mir wahr.

Im Klassenraum hat Max auf den Fensterbänken Stückchen und
Getränke aufgereiht und erfreut entscheide ich mich für einen Kakao
und eine Mohnschnecke - Kalorien, die ich mir heute leisten möchte.
Die Fragestellung nach einer Revolution der Deutschen seit der Kaiser-
zeit, geht mir danach leicht von der Hand und umso verwunderter bin
ich später, als ich erfahre wie mittelmäßig meine Bewertung sein wird.

Freitag, der 23. März

Queen, 'Under Pressure', auf meinem Plattenteller, denn ich finde das
Lied passt zu einer Prüfungszeit. Heute schreibe ich Französisch und
beschäftige mich mit 'L'Étranger' von Albert Camus und entgegen der
Voraussage unseres Lehrers, dass wir beim schriftlichen Abitur mindestens 2 Punkte unserer gewöhnlichen Benotung abziehen müssen,
bleibe ich bei meiner durchschnittlichen 9.

Dienstag, der 27. März

Meine dritte Prüfung ist Chemie und ich hoffe, dass ich 13 Punkte schreiben werde, denn hier habe ich in der Oberstufe - neben meinen Sportkursen - die höchsten Punktzahlen erhalten. Erwartungsvoll schaue ich nun auf meine Lehrerin, die den Umschlag öffnet, nach dem Einsehen jedoch ihren Mund verzieht und in meine Richtung kommt. Zu mir heruntergebeugt flüstert sie, dass es ihr leidtut und dass sie sich gewünscht hätte, der andere Vorschlag wäre zurückgekommen. Verwundert blicke ich zu ihr hoch, danach hinunter zu den Aufgaben und weiß sofort, was sie meint, denn die Fragen sind mir völlig unbekannt und ich kann mich nicht erinnern, dass wir sie ansatzweise im Unterricht besprochen hätten. Voller Panik schaue ich immer wieder auf das Papier und greife letztlich zu einer Zigarette, die mich beruhigen soll. Vor der Tür entschließe ich mich dann zum Kämpfen, zum Phantasieren, Ableiten, Verbinden, alles, was mir einfallen mag - das Einzige, das mir jetzt noch übrigbleibt.

Drei Tage später verrät mir die Lehrerin, dass ich es auf etwa 7 Punkte geschafft habe. Ich bin traurig und sie sieht es mir an, denn sie fährt fort, dass es auch 8 werden können. Im Klassenraum treffe ich dann auf Steve, der Einzige, der mit mir geschrieben hat und der mir erklärt, dass er mit 0 Punkten bewertet worden ist. Da er versucht hat die Aufgaben zu lösen und sich nicht verweigerte, wird ihm trotzdem sein Abitur verliehen.

Donnerstag, der 29. März

Najib, der erst gestern gesagt hat, dass er zu oft an mich denkt und Abstand braucht, überrascht mich heute mit Bob Dylan und der 'Illustrated Record', die ich samt Widmung vor meiner Haustür finde:

„Dear Wanda,
j'm learning to live without you now, but j miss you sometimes. The
more j know the less j understand. All the things j thought j know
about you j'm learning again. For those days when j'm not with you,
Najib."
"O, my luve's like the melodie,
That's sweetly play'd in tune" (Robert Burns).

Samstag, der 31. März

Meine Mutter übernachtet bei ihren Eltern und überlässt mir die
Wohnung, um eine Party zu feiern. Sibille und ich räumen bereits am
frühen Morgen mein Zimmer komplett aus, stellen Teelichter auf und
funktionieren unsere Küche zu einer Bar um. Cocktails möchten wir
nachher mixen und sind gespannt auf den Abend - auf Marlene, Florian, William und Sebastian, unsere Freunde, denen wir vorgegeben
haben, sich schick zu kleiden.

Sebastian ist es dann, der mich wirklich überrascht, denn in dem
schwarzen, aus den 70er Jahre stammenden Anzug seines Vaters, dem
weißen Hemd und seinem fast schulterlangen, gewellten, zu einem
Zopf gebundenen Haar, sieht er umwerfend aus. Erneut wird mir bewusst, wie hübsch er ist und ich bereue es nicht mein Beerdigungskleid
zu tragen, das ich nur ganz besonderen Anlässen versprochen habe.
Ich bin stolz seine Freundin zu sein und überflüssig zu erwähnen, dass
er seine Konkurrenten aussticht: Florian, der mit Jeans, Blazer und
Stirnband im Hippiestil zurechtgemacht ist und William, der zu einer
hellen Stoffhose ein dunkles Sakko mit Hemd trägt.

Fein gekleidet, Cocktailgläser in der Hand, sitzen wir später in dem
kerzenerleuchteten Raum und ich finde es schade, dass keine Stimmung aufkommt. Unvermittelt denke ich an all die anderen Momente
in meinem Zimmer zurück, die spontanen Treffen, zu denen meine

Freunde sich in letzter Zeit bei mir einfanden und zu denen Sebastian und ich häufig einen Kasten Bier vom Kiosk beisteuerten. An diesen Abenden gab es immer etwas zum Lachen und gerade jetzt erinnere ich Charlotte wie sie geistesabwesend nach ihrem Getränk unter dem langen, auf dem Boden liegenden Rock meiner Mutter suchte oder wie Sebastian und ich gemeinsam mit ihr und Markus wie die Kinder Faxen machten, wir uns so lange mit Wasser bespritzten, bis wir letztlich nass und knittrig auf dem Sofa saßen. Heute aber ist es anders und ich setze meine Hoffnung auf die Modenschau, die Sibille und ich uns ausgedacht haben. Jeder soll im Modelschritt auf- und ablaufen und bei den Jungs wird es dann tatsächlich lustig, denn Florian verliert sich in Körperverbiegungen und William tänzelt wie eine Ballerina daher. Die Stimmung wird besser und Sebastian und ich unterstützen, indem wir in der Küche einen Cocktail nach dem anderen mixen. Da jeder Einzelne dabei zunächst von uns probiert wird, sind wir bald sehr ausgelassen und beginnen miteinander herumzualbern. Auch küssen wir uns, leidenschaftlich, und vergessen für einen Moment die Party, die Gäste und alles um uns herum. Danach servieren wir weiter, und ich bin froh, dass der Abend doch noch ein Erfolg geworden ist.

Zwischenraum

Montag, der 2. April

Schulfrei bis zur mündlichen Abiturprüfung. Lydia schlägt vor mit einem Ausritt zu beginnen und, obwohl ich im Gegensatz zu ihr, keine Erfahrung mit Pferden habe, suchen wir einen Reitstall ganz in der Nähe auf. Lydia übernimmt das wildere Pferd und ich bin zufrieden mit meiner - wie die Pflegerin sie nannte - sanften Stute. Alles läuft gut und wäre vielleicht so geblieben, wäre Lydia nicht auf die Idee gekommen zu tauschen und hätte ich ihre Herausforderung nicht angenommen. Meinen Übermut bereuend, verliere ich bald die Kontrolle und sitze wehrlos auf dem galoppierenden Hengst. Ich halte mich eine Weile, doch als ich ahne, dass das Pferd vom Hauptweg abkommen möchte, um in einen schmalen Seitenweg, der Richtung Stall zurückführt, abzubiegen, spüre ich, dass es nun um mich geschehen ist. Die eiserne Stange an der Weggabelung im Blick, bereite ich mich darauf vor, an ihr abzuprallen und schließe meine Augen - ohne dabei Wehmut zu empfinden oder gar eine Form der Angst.

Einen Moment danach spüre ich mich auf dem Boden des feuchten Feldweges, bei vollem Bewusstsein und ohne Schmerz. Ich sehe Lydia heranreiten, die als sie vor mir steht, zu lachen beginnt und dann meinem entlaufenen Pferd hinterherjagt. Beide finde ich später am Stall wieder, von dem aus wir beschließen, auf die letzten Minuten unserer bezahlten Stunde zu verzichten. Keine Lust zur Bushaltestelle zurückzulaufen, strecken wir unseren Daumen auf der kleinen steinernen Straße heraus und sind überrascht als ein Polizeiwagen hält - zwei Polizisten, die uns mitnehmen, da sie ohnehin in unsere Richtung wollen.

Bald wiederholen wir unseren Ausflug, diesmal aber mit Marlene und ohne, dass ich abgeworfen werde. Abenteuerreich ist dafür der Weg zum Stall, denn auf ihm stiehlt Lydia eine Wassermelone, schnappt sie von einem Obst- und Gemüsestand, bevor sie in den Bus hineinspringt, dessen Türen hinter ihr schließen. Auf dem Feld werfen wir uns das dicke Teil dann zu, solange bis Marlene unaufmerksam ist und die Frucht vor ihr auf den Boden prallt. Lydia und Marlene picken die roten und körnigen Obststücke heraus, ich aber halte mich zurück, denn ich mag den Geschmack der wässrigen Frucht nicht.

Mittwoch, der 4. April

Erste Frühlingsstrahlen und Sebastian und ich unternehmen einen Spaziergang durch die Felder hinter meinem Haus. Hand in Hand stoppen wir an einer Bank und ich schaue auf Sebastian, seine braunen Augen, die einen hellen und leuchtenden Ton angenommen haben und ich mag sein lockiges Haar. Meine Zuneigung erahnend, wendet er sich mir zu, lächelt und ich erwidere, um es vollkommener zu machen.

Freitag, der 6. April

Pizzaessen mit Najib und erstaunt über seinen Appetit, denke ich darüber nach, was er mir erst kürzlich erzählt hat. Nur das Nötigste würde er am Tage über zu sich nehmen - etwas Tee und Fisch am Nachmittag - und ich war ganz fasziniert von seiner Schilderung, gleichzeitig aber erstaunt, denn Najib ist, wenngleich nicht dick, doch kräftig gebaut. Jetzt mit ihm unter einer Laterne stehend, höre ich ihm zu, wie er mir ein Gedicht vorliest, das er gestern geschrieben und an eine Zeitschrift verschicken möchte. Englisch, düster, dafür mit schönem Wortklang, verdränge ich meine kritischen Gedanken und lasse es zu, dass ein Gefühl von Leben in mir hochkommt, Tatendrang und der Glaube, dass jeder Augenblick seinen Wert besitzt und nicht ungenutzt vorbeiziehen sollte.

Samstag, der 7. April

Ich schreibe über junge Menschen, die sich verhalten, als wären sie alt und ihren Versuch, sich von allem loszureißen.

Sonntag, der 8. April

Najib hat mir die LP der Gruppe Del Amitri aufgenommen und durch ihre Lieder inspiriert ('This Side Of The Morning', 'Nothing Ever Happens') schreibe ich und denke an Patrick: „...Ich flüchte in eine Telefonzelle, ich versuche dich wach zu klingeln, doch ich spüre, dass du unerreichbar bist für mich. Ich weiß, dass niemand perfekt ist, ich weiß, dass es immer wieder Neues gibt und ich weiß, dass ich rastlos bin ohne dich..." ('Vorbei'), „...Und dennoch sind sie alle Menschen, vielleicht einsam in der Nacht, vielleicht einsam am nächsten Morgen, vielleicht einsam ihr ganzes Leben lang..." ('Menschen'), „...Nichts ist passiert, nichts wird jemals geschehen, nichts bleibt wie es einmal war, der Mensch ist zu keiner Zeit derselbe, doch ich wünschte, Du wärest bei mir..." ('Du').
   Der zitierte Teil von 'Menschen' gefällt mir und ich übertrage ihn auf meine Jeans - eine Wrangler von Patrick -, die ich bereits mit Songzeilen von Bob Dylan beschriftet habe.

Dienstag, der 10. April bis Sonntag, der 15. April

Sebastian und ich besuchen seine Großeltern im Vogelsberg, die uns kurz vor Ostern ihren Wohnwagen am See überlassen. Die erste Nacht schlafen wir in ihrem Haus und, obwohl sie sehr nett zu mir sind, fühle ich mich in ihrer Gegenwart fremd und unbehaglich - ein Gefühl, das sich über das Abendessen verstärkt, in dem sie fettige Landwurst auftischen, die ich mich überwinden muss zu essen. Um mich abzulenken, denke ich an den mit Sebastian unternommenen Spaziergang durch die bergige Landschaft zurück - an den Schäfer, den wir getroffen haben und den Sebastian seit seiner frühen Kindheit her kennt.

Am nächsten Morgen, auf dem Weg zum Wohnwagen, fühle ich mich besser und höre interessiert Sebastians Großmutter erzählen, wie sie in der Nähe des Anlageplatzes mit ihrem Mann einst eine Kneipe betrieben hat. Groß und für ihr Alter eine gute Figur, gefällt mir ihre freundliche und zurückhaltende Art, mit der sie uns bereits am Abend begegnet ist. Als sie uns dann ihren Wohnwagen vorführt, erschreckt mich zunächst die Enge, die auf Sebastian und mich wartet, die zwei schmalen, über Eck angelegten Betten, die ich mir so nicht vorgestellt habe.

Die Großmutter führt uns weiter in den Wohnwagen ihrer Freundin, die Kaffee und Kuchen serviert. Ein Stück Schokotorte vor mir auf dem Teller, sage ich zaghaft, dass ich vom Frühstück her noch satt bin, werde jedoch getadelt, von der Freundin, mit der verächtlichen Bemerkung, dass ich doch nicht auf meine Figur achten muss. Ertappt und ihrem strengen Blick nicht standhaltend, schaue ich mich nach Hilfe um und finde sie bei Sebastians Großmutter, die antwortet, dass junge Mädchen manchmal schlecht essen. Die Brücke geschlagen, sprechen die beiden dann über Diäten und ich protestiere - innerlich -, denn ich bin keine Brigitteleserin und empfinde Diäten als unter meiner Würde.

Erneut allein, machen Sebastian und ich einen Rundgang um den See herum und richten uns danach in unserer kleinen Stätte ein. Sebastian schlägt vor eine Hühnersuppe zu kochen und ich lehne erst ab, lasse mich jedoch überreden, als ich erfahre, dass sie wenig Kalorien hat. Zu den warmen Mahlzeiten zählend, hatte ich Suppen zuvor den kalorienreichen und schlechten Lebensmittel zugeordnet, komme nun aber darauf, dass meine Rechnung nicht aufgeht. Trotzdem sehe ich Sebastian bei der Auswahl der Zutaten sowie seiner Zubereitung genau zu, genieße später aber die warme Flüssigkeit, die durch meinen Körper hindurch in den Bauch hineinfließt und ihn, der so oft schmerzt, Ruhe, Behaglichkeit und Aussöhnung verspricht.

Am Abend besuchen Sebastian und ich die ortsansässige Disco und können uns das Lästern nicht verkneifen, spotten, dass die Dorfjugend - trotz schicker Aufmachung - ihre Derbheit nicht verbergen kann. Gut ist lediglich das gerade neu erschienene Lied von Del Amitri, 'Cold Stone Sober', das zweimal gespielt wird und dem wir Bier trinkend lauschen.

Besser fühlt es sich am nächsten Tag eine Ortschaft weiter unter dem Publikum des Puppentheaters während der Vorstellung von Goethes Faust an. Fasziniert von dem Spektakel und der Idee, seine Seele an das Böse zu verkaufen, finde ich es danach sogar berührend in der kleinen Altstadt herumzustreifen und Wollsocken im Partnerstil zu kaufen: blauweiße für Sebastian und meine entsprechend rot.

Karfreitag und nach dem Frühstück rauchen Sebastian und ich einen Joint und gehen in den Wald hinein. Bekleidet mit grünen Gummistiefeln und Najibs schwarzer Lederjacke, fühle ich mich besonders schön und empfinde das gleiche für Sebastian, der ähnlich angezogen ist. Wir klettern auf Bäume und balancieren auf umgekippten Baumstämmen herum und mich überkommt ein starkes Gefühl der Zusammengehörigkeit und der Höhenflug, die Vorstellung, dass Sebastian und ich gemeinsam über allem stehen.

Weniger inspiriert fahren wir Stunden darauf zum letzten Mal die kurvenreichen Straßen entlang und verabschieden uns mit einem großen Strauß selbst gepflückter Wiesenblumen bei Sebastians Großeltern - eine Geste, die wie Sebastian zuvor sagte, der Großmutter gefallen wird.

Am Samstag sehr früh fahren wir weiter nach Amsterdam und verbringen den Nachmittag in der Stadt, in der die Häuser alle gleich aussehen und die Leute offen und freundlich wirken. Wir leihen uns ein Fahrrad aus und erhalten Beifall, als ich hinten auf dem Gepäckträger stehe, während Sebastian auf dem Sattel tritt. Vor dem Schaufenster eines Strumpfgeschäfts machen wir dann Halt, denn wir haben eine schwarze Strumpfhose mit rotem Blumenmuster entdeckt. Ich zeige sie der Verkäuferin und aufgrund meiner Größe glaubt sie mir nicht, dass ich in XS hineinpasse. Etwas beleidigt führe ich es ihr vor und kaufe trotzdem, denn bereits in der Kabine erträumte ich das Stück zu meinem schwarzen Mini und fühlte mich schön und verrückt dabei.

Die nächste Rast machen wir in einem Coffeeshop und Sebastian winkt einen jungen Mann mit einem Bauchladen heran, mit dem er verschiedene Grassorten durchgeht. Mit einem Gefühl des Unbehagens beobachte ich, denn das Offene der Szene gefällt mir nicht. Trotzdem rauche ich später mit Sebastian und fühle mich noch unbehaglicher, als wir durch eine einsame Grünanlage laufen. Weit weg von jeglichem Geschehen, überkommt mich plötzlich der Gedanke, dass ich nicht am richtigen Ort bin und nicht neben dem richtigen Mann. Wohliger wird es danach während eines Picknicks an einer der vielen Krachten: Sebastian packt das Fla, ein holländisches Brot, aus, das er besonders schmackhaft findet und das, nachdem es gemeinsam mit Wurst und Käse meinen Magen füllt, mich meine Umgebung weniger befremdlich betrachten lässt.

Zandvoort am Meer und eine Übernachtung im Auto. Von den Wellen geweckt, laufen wir zu einem Hotel hinüber und gehen dort auf Toilette. Einen Kaffee, wie wir uns zuvor vorgenommen haben, trinken wir jedoch nicht, denn die alten Männer an der Bar wirken unfreundlich und wenig einladend. Stattdessen zieht es uns zum Meer zurück und die graublaue Weite vor uns, flüstert Sebastian mir ins

Ohr, dass ich nachschauen soll, ob ich ein Osterei finde. Verständnislos schaue ich ihn an, doch er deutet auf die Sandlandschaft, die ich langsam und vorsichtig zu durchlaufen beginne. Ich brauche nicht lange und entdecke tatsächlich ein Ei: ein großes und mit buntem Osterpapier umwickeltes. Erstaunt hebe ich es auf und finde einen wunderschönen Clown in ihm, der mit Nase nach oben, Arm am Hinterkopf eine besonders hochnäsige Pose trägt und von dem ich nicht weiß, wie er in die Dünen gekommen ist. Allerdings habe ich seine Bekanntschaft bereits gemacht, denn ausgestellt in einem Laden der Frankfurter Innenstadt, habe ich ihn gemeinsam mit Sebastian mehrfach bewundert. Außer mir vor Freude, springe ich Sebastian in die Arme und taufe den Neuen auf den Namen Lukone, kann es dabei kaum erwarten, ihn unter den anderen Figuren meiner Sammlung zu sehen.

Auf der Rückfahrt suchen wir im letzten Dorf vor der deutschen Grenze eine Kneipe auf und bestellen ein speziell holländisches Getränk. Ein alter Mann serviert Kaffee mit Whiskey und Süßem dazu und oft werde ich während späterer Reisen an diesen Moment zurückdenken - an das Sonntägliche und doch Spannende in ihm. Auf diese Weise geht es danach gleich weiter, denn wir fahren nach Düsseldorf, in den Hühnerhugo, einer einst von Westernhagen besungenen Kneipe, bevor wir am Rhein entlanglaufen, zusammen mit anderen Osterspaziergängern, zumeist Familien und jungen Paaren. Zuhause angekommen, treffen wir dann auf Najib und unvermittelt, ohne dass ich es stoppen könnte, beginne ich zu lachen und höre nicht mehr auf damit.

Montag, der 16. April

Papa lädt Sebastian und mich zu einem Osteressen ein und wir besuchen 'seinen' Italiener um die Ecke. Wir wählen einen Tisch im Garten und umgeben von milder Frühlingsluft schaue ich von meinem Vater zu Sebastian und bemerke, wie wichtig mir die entspannte und angenehme Atmosphäre ist. Zu dritt teilen wir eine Flasche Wein und ich bin der festen Überzeugung, dass mein Vater es im Griff hat, denn ich habe darüber nachgedacht und bin zu dem Entschluss gekommen, dass es besser ist hin und wieder ein Glas zu trinken, als sich vorzunehmen, es nie wieder zu tun.

Mittwoch, der 18. April

Es ist abends, spät, und meine Mutter schreit mich an, denn sie möchte nicht, dass ich, angetrunken und in kurzen Shorts, zum Zigarettenautomaten eile. Ich jedoch stelle mich ihr entgegen, sehe auf meine schmalen Beine herab und gefalle mir, und werde unterstützt von Sebastian und Petra, die sich über meine Mutter wundern und ihr Übertreibung vorwerfen.

Donnerstag, der 19. April

'The One I Love', R.E.M, auf der Tanzfläche im Sinkkasten und ich denke an Andie, plötzlich und ohne Zusammenhang. Lange ist es mir nicht so ergangen und ich schaue zu Marlene und Lydia neben mir, bewundere sie für ihre Ausstrahlung, ihre Stärke und Bodenständigkeit.

Samstag, der 21. April

Ein Italiener im Nordend, in dem Haus, in dem Sebastian aufgewachsen ist. Ich bestelle Extrakäse - so wie Sebastian es in seiner Kindheit getan hat - und frage mich über die hellen Tischdecken, die Kerzen und die ineinandergelegten Hände hinweg, wie Sebastian zwischen Stadthäusern, Hinterhöfen und Straßen groß geworden ist.

Sonntag, der 22. April

Später Abend in Najibs Zimmer und ich sage ihm, dass ich ständig das Gefühl habe auf den Boden zu fallen und gleichzeitig die Kraft, den inneren Antrieb, verfluche, der mich immer wieder aufstehen lässt. Najib verfährt hart mit mir und sagt, dass dies das Leben ist.

Dienstag, der 24. April

Erneut schlaflos, unterwegs in der Nacht, schaue ich zwischen den Häusern der Siedlung auf Najibs Wagen, der entgegen der anderen parkt und in ungewohnter Weise verschmutzt ist. Ich halte inne und setze einen schönen Gruß auf die verdreckte Kühlerhaube, doch Najib wird es nicht bemerken, dafür aber Marco, Lottas Bruder, der mich am nächsten Tag darauf ansprechen wird.

Freitag, der 27. April

Natalia, ein neu eröffnetes Bistro und ein berührendes Gespräch. Nicht zusammenfassbar über Worte, ist es die Energie, die Hoffnung, das Gefühl, das Leben und seine Träume fest in der Hand zu haben, die unsere Zusammentreffen begleiten und uns verbinden. Erstaunen erkenne ich in Natalias blauen, durchdringenden Augen nur, als ich ihr von mir und Sebastian erzähle, davon dass ich mir eine Zukunft mit ihm vorstellen kann.

Erst am frühen Morgen brechen wir auf und laufen lachend und grölend von Sachsenhausen aus unterirdisch die Bahngleisen entlang. Die erste Bahn fährt erst gegen fünf Uhr und vorher, so denken wir, haben wir hier nichts zu befürchten. Es ist lediglich die Kälte, die mich stört und Natalia leiht mir ein langärmliges, auf Taille geschnittenes Shirt, das ich später gegen einen blauweiß gestreiften Minirock eintausche.

Zuhause angekommen, sitzen wir mit meiner Mutter in der Küche und von unserer Leichtigkeit angetan, fängt auch sie zu plaudern an, backt kleine Brötchen auf und bereitet uns so auf einen langen und erholsamen Schlaf vor.

Sonntag, der 29. April

Brötchen, Piccolo, Milchkaffee in einem Bistro der Berger Straße. Danach eine Verabschiedung an der U-Bahn-Station - Sebastian auf dem Weg zu einem Freund und ich ihn bereits jetzt vermissend.

Zuhause in melancholischer Stimmung lasse ich meinen Füller über das weiße Papier gleiten und bin gespannt, welche Worte sich formen werden. Es fühlt sich an wie damals, als ich ein kleines Mädchen war und am Rande des Spielplatzes saß, einen Stock über den Sand gleiten ließ, um erst danach zu überlegen, was die Striche bedeuten könnten: „Bilder unserer Kindheit vor Augen, Du und ich auf Abenteuer, manchmal gemeinsam und manchmal allein; möchte ich am liebsten schreien, doch wenn ich es versuche, versagt meine Stimme. Ich schließe den Mund und weine still in mich hinein: das Reich der Toten ist unendlich weit entfernt."

Montag, der 30. April

Meine Mutter hat gekocht, aber ich möchte nicht essen. Sie versucht mich zu überreden, doch als es ihr nicht gelingt, verliert sie die Kontrolle und etwas, das schon lange in ihr zu brodeln scheint, stürzt aus ihr hinaus. Laut und mit scharfem Unterton geht sie mich an und sagt, dass ich dünn geworden bin, insbesondere an den Oberarmen, und dass sie mich für magersüchtig hält. Erschrocken über die Heftigkeit ihres Ausbruchs, ziehe ich mich zurück, in mein Zimmer - nicht aber ohne ihr vorher böse Blicke zuzuwerfen.

Magersucht, den Begriff im Ohr, fängt es an in mir zu arbeiten und ich überlege, wo ich ihn schon einmal gehört habe. Mit einem Schlag, mit einer Wucht, kommt es dann zurück und ich denke an Valérie Valère, das Mädchen, das mit 13 Jahren in eine psychiatrische Klinik eingeliefert wurde und das wenig später im 'Haus der verrückten Kinder' darüberschreibt. Gleichaltrig, teilte ich damals ihre Wut gegen die Erwachsenenwelt und bewunderte ihren Willen und das Unnachgiebige in ihr - so sehr, dass ich selbst einen Versuch der Essensverweigerung startete, jedoch kläglich scheiterte, da meine Mutter noch nicht einmal bemerkte, was ich mir vorgenommen hatte. Von klein auf gut gegessen, fand sie es nicht tragisch, dass ich auf das Abendessen verzichtete und schnell entwickelte ich ein Gespür dafür, wie schwierig es werden würde, sie von meinem Vorhaben zu überzeugen. Ich gab frühzeitig auf, folgere jetzt aber, dass die Situation eine andere ist, ich mich kräftiger, konsequenter fühle und meine Mutter mit ihrer Einschätzung vielleicht recht hat.

Sebastian kommt später und aufgelöst sage ich ihm während eines Spaziergangs am Kalbacher Bach entlang, dass ich krank bin und dass ich nichts dagegen tun kann. Unterstützt durch die schwarze Samthose von Papa und die Jeansjacke von Patrick, eine Kombination, die mich besonders schmal wirken lässt, beginne ich zu weinen und Sebastian holt aus mir heraus, was mich seit heute Mittag bedrückt. Geendet, wirkt er jedoch erleichtert und hüllt mich schützend, Geborgenheit spendend, in seine schwere Lederjacke ein. Zart und zerbrechlich - wie eine Prinzessin nahe bei ihrem Prinz - höre ich ihn danach mir ins Ohr flüstern, dass er noch nie so viel Angst in seinem Leben gehabt hat und dass wir es in Griff bekommen werden.

Donnerstag, der 3. Mai

Ich möchte meine Großeltern besuchen, aber sie machen nicht auf. Ich treffe auf einen Nachbarn, der erzählt, dass sie verreist sind, doch ich glaube ihm nicht. Zuhause frage ich meine Mutter was los ist und sie braucht lange, um zu antworten: „Oma und Opa", so sagt sie, „haben sich gestritten, so heftig, dass sie voneinander getrennt sind." Opa, der kurz nach Patricks Tod in Rente gegangen ist, ist vorübergehend zu einem ehemaligen Arbeitskollegen gezogen und Oma lebt nun bei Mirella. Dort rufe ich sie gleich an und erfahre, dass es ihr gut geht - den Umständen entsprechend.

Samstag, der 5. Mai

Die Sonne strahlt und ich sehe auf die jungen Menschen draußen auf den Stühlen des Cafés am Kirchplatz, in Nähe der nun leerstehenden Wohnung meiner Großeltern. Den Blick auf einem hübschen blonden Mädchen mit Wickelrock und großer Sonnenbrille haftend, frage ich mich, ob für sie alles in Ordnung ist oder ob auch sie Sorgen hat, die sie nachts nicht einschlafen lassen. Sicher jedoch, so vermute ich, geht es ihr nicht wie mir, beschäftigt mit etwas, das ich nicht beschreiben kann, das aber in jedem einzelnen Augenblick meines Lebens spürbar ist.

Am Nachmittag trinke ich Kaffee mit Sebastian in unserer Küche und ich denke an das frische Brot, das wir vorhin beim Bäcker gekauft haben. Ich sage: „Vielleicht könnten wir ja etwas essen?" und Sebastian antwortet, dass er an Essen gar nicht gedacht hat. Er stellt fest, dass ich öfter an Essen denke als er und mir wird bewusst, wie wenig er über mich und meinen Alltag weiß und wie allein ich damit bin. Allerdings habe ich auch nicht vor ihn aufzuklären und täusche weiter, indem ich sage, dass ich mir vorgenommen habe ab jetzt regelmäßig, mindestens dreimal am Tag, eine Kleinigkeit zuzubereiten. Mit dieser Aussage lüge ich zwar nicht, verschweige jedoch, dass ich zwischen den Mahlzeiten ständig an Essen denke - daran, was ich bereits gegessen habe und daran, wie viel ich noch zu mir nehmen darf. Jeden Bissen auf diese Weise gedanklich mehrfach zerkaut, kostet es für mich einen umso größeren Aufwand, mir weiteres Essen zu verbieten, Spontaneität komplett zu versagen... Sebastian unterbricht meinen Gedankengang und vergleicht mich mit sich selbst zu einer Zeit, da er unglücklich verliebt war und aufgrund von Kummer nicht gegessen hat. Ich zeige mich empört, weiß aber nicht, was ich antworten soll, denn mein Nichtessen hat mit derartigem Kummer nichts zu tun, ist vielmehr Lebenseinstellung, Stärke, aber eine, die nicht erwähnt werden darf.

Montag, der 7. Mai

Der erste Todestag und ich erblicke zwei über Kreuz gelegte rote Rosen auf dem Schriftzug des Grabes meines Bruders - eine Geste, die sich mein Vater angewöhnt hat. Sieben rote Rosen in einer grünen Friedhofsvase dazustellend, hole ich mein 'Patrickbuch' heraus und weiß zunächst nicht, was ich meinem Bruder sagen soll. Dann aber ergibt es sich von allein und ich schreibe von meiner Einsamkeit, den schlaflosen Stunden und dem Gefühl, neben den anderen zu stehen, Geborgenheit nur über Trauer empfinden zu können. Im nächsten Moment besinne ich mich jedoch, möchte Patrick nicht nur belasten und erzähle von dem kommenden Sommer, von Sebastian, unseren

Plänen, dem Motorradurlaub, der sicher auch meinem Bruder gefallen hätte...

Zuhause rufe ich Najib an und er sagt, dass er keine Zeit für mich hat. Meine Enttäuschung zurückhaltend, bin ich umso überraschter, als es kurz darauf klingelt und Najib sich über die Sprechanlage entschuldigt, erklärt, dass er weiß, welcher Tag heute ist. Erleichtert laufe ich danach zu ihm hinunter und freue mich über die rosa Gerbera, meine Lieblingsblume, die er mir lächelnd entgegenstreckt.

Marlene ruft am Abend an und fragt, wie es mir geht und ich bin froh darüber, dass auch sie den Tag nicht vergessen hat.

Mittwoch, der 9. Mai

Schlendern auf der Einkaufsstraße in Bad Homburg und Sebastian achtet darauf im Gleichschritt zu laufen - eine Geste, die ich mag. Genau wie die andere, wenn ich abends in Kneipen mein Bein über seines lege und wir gemeinsam die Atmosphäre aufnehmen.

Freitag, der 11. Mai

Najib kommt in letzter Zeit nachts manchmal nach seiner Schicht im Hotel bei mir vorbei. Dann sitzen wir bis in den frühen Morgen hinein, trinken Cola und Wein und fühlen das Besondere, das den Augenblick ausmacht - die nächtliche Stille und mit ihr verbunden das Gefühl, dem Alltag der anderen trotzen zu können. Heute erzählt Najib von einem Besuch in Hamburg, seiner verheirateten Schwester und dem Fernsehturm und ich höre ihm zu, wie er davon träumt in einem Wolkenkratzer - hoch über dem Treiben der Stadt - zu schreiben und zu leben. Gleichzeitig erinnere ich ein weiteres Gespräch - Najib, der viel Geld verdienen möchte, um unabhängig zu sein und ein Haus im Wald zu kaufen. Seine Vorstellungen wirken anziehend auf mich, im gleichen Moment jedoch auch seltsam, denn ich empfinde sie als so weit weg von mir und den anderen Menschen um mich herum.

Immer häufiger besuche ich Najib auch bei ihm zuhause und zumeist kommt der Augenblick, da er mich mit seinem Anderssein überfordert und ich mich zu Marlene, Sibille, Charlotte, Markus, zu all den anderen Freunden hingezogen fühle. Ich laufe weg und Najib schaut mir im Treppenhaus hinterher, so wie vorgestern, als ich mich daran erinnerte, dass er eigentlich Abstand wollte, mir in meiner schulfreien Zeit jedoch noch nähergekommen ist.

Samstag, der 12. Mai

Mit Petra in einem Bistro in Alt-Bonames und ich denke an Patrick, wie er mir erzählt hat, dass er sich hier regelmäßig mit einer Frau traf, älter als er, die er verehrte, die in ihm aber nur den Kleineren sah. Einmal nahm er mich mit dorthin und wir tranken Bier und lachten, während wir die Leute sagen hörten, dass wir - beide dunkelhaarig mit hellen Augen, groß und sportlich - hübsch seien und ein so nettes Paar. Angetrunken liefen wir danach den Berg hinauf nach Hause zurück und aufgrund der klirrenden Kälte trieb Patrick mich dazu an, den letzten Teil des Weges zu rennen..., und versunken in diese Erinnerungen, sehne ich mich plötzlich danach woanders zu sein - am liebsten bei Sebastian, dem ich so vieles davon erzählen kann.

Sonntag, der 13. Mai

'Clownnummern' von Tristan Remy und angeregt über die lustigen Stücke zeige ich Sebastian wie Patrick mich früher, mit dem Rücken zum Boden, seine Füße fest an meinen Oberschenkeln und über die

Hände verbunden, in der Luft gehalten hat. Wir lachten und tun es auch heute, als Sebastian das Gleiche versucht.

Dienstag, der 15. Mai

Najib hat gesagt, dass er nie vor drei Uhr morgens ins Bett geht und als Sebastian und ich nachts von einer Kneipe nach Hause kommen und Licht durch seinen Rollladen hindurch scheinen sehen, beschließen wir zu klopfen. Najib hört uns, braucht jedoch eine Weile bis er den Laden hochgezogen und das Fenster geöffnet hat. In Jogginghose und T-Shirt steht er dann vor uns und ich finde er sieht verschlafen aus, sein Gesicht vom Kissen zerdrückt, doch spreche ich ihn nicht darauf an, denn auf seinem Schreibtisch habe ich neben dem Füller seines vor Jahren verstorbenen Vaters meine rote lederne Haarspange entdeckt. Sebastian sieht sie auch und schaut mich von der Seite her vorwurfsvoll an, doch ich besänftige ihn später und erkläre, dass ich sie während eines Gesprächs auf den Boden gelegt haben muss.

Donnerstag, der 17. Mai

Vorbesprechung für die mündliche Prüfung Deutsch und neben Marlene und weiteren Schülern sitze ich auf den Bänken des Schulhofes Herrn Brandt gegenüber - stolz auf Sebastian, der mitgekommen ist und für seinen Beitrag von unserem Lehrer gelobt wird. Wir sprechen über 'Sansibar oder der letzte Grund' und ich wachse noch mehr, als Herr Brandt Marlene in ihrer Frage auf mich verweist, da er meint, dass ich sie ebenso beantworten kann.

Samstag, der 19. Mai

„Dear Wanda,
  here comes the feeling that j've forgotten: how strange these streets feels when you're alone on your own. Pairs of eyes are looking at you and j forgot to close my door inside. Some things you'll never know but j'll tell you that j scream a hundred times alone in my cold bed. Sun comes up and it's Saturday - oh God, how j hate that."
  „Alone and palely loitering,
  Though the sedge is wither'd from the lake,
  And no birds sing" (John Keats).

Sonntag, der 20. Mai

Sebastian und ich stehen spät auf und möchten frühstücken gehen, doch meine Mutter bittet uns an den gedeckten Mittagstisch und kann nicht verstehen, dass wir auf leeren Magen keine Kartoffeln mit Gulaschsoße essen können. Sie reagiert mit ungewohnter Härte und ich spüre, dass sie dabei ist mich aufzugeben, denn sie sagt, dass, wenn ich verhungern will, sie mir nicht im Wege steht. Meine Tränen zurückhaltend, schaue ich zu Sebastian hin, der sich einmischt, den meine Mutter aber auch nicht zu Wort kommen lässt. Sprechen scheint keinen Sinn mehr zu haben und ich renne in mein Zimmer, werfe ein paar Kleider übereinander, bevor Sebastian mir dann im Aufzug erklärt, dass ich bei ihm wohnen kann. Zunächst aber fahren wir zu unserem Café in der Rotlintstraße und dort angekommen, fühle ich etwas Heftiges, Schmerzhaftes, Zerreißendes in mir.
  Wir frühstücken und langsam wird mir klar, dass ich bei Sebastian nicht wohnen kann, denn mir wird mein Zimmer, mein Zuhause, der Ort, an dem ich Platten höre, schreibe und meine Freunde mich besuchen, fehlen. Außerdem die stille Unterstützung meiner Mutter, über

die ich nie nachgedacht habe, die mir jetzt aber, da ich sie vielleicht verloren habe, unendlich kostbar vorkommt. Sebastian wundert sich, fährt mich jedoch nach Hause zurück, wo ich auf meine Tante treffe, die gerade mit ihrer Schwester spricht. Von meinem Zimmer aus höre ich ihre Stimmen und bin dankbar dafür, denn danach wird meine Mutter sich bei mir entschuldigen und sagen, dass sie lediglich Angst um mich hat und nicht auch mich noch verlieren will.

Montag, der 21. Mai

Alles um mich herum dreht sich, schneller, denn ich beschleunige - meine Hände fest an den Armlehnen von Najibs Drehstuhl. Gleichzeitig sehe ich mich als kleines Mädchen, lange dunkle Haare auf den Rücken fliegend und den Spaß, den ich schon damals dabei empfunden habe. Auch das Taumeln danach, wenn ich den Stuhl verließ und durch das Zimmer wankte... Stundenlang konnten Patrick und ich uns so beschäftigen, doch jetzt werde ich unterbrochen, von Najib, der meinen Schwung mit einem Ruck zum Stillstand bringt. Sein Gesicht direkt vor meinem - Augen so dunkel, dass die Iris kaum zu erkennen ist -, höre ich ihn fragen, ob ich Sebastian wirklich liebe und ob ich bei ihm bleiben möchte. Beeindruckt von der Wucht der Bewegung, der Entschlossenheit, mit der Najib mich zum Stoppen gebracht hat, fühle ich mich für einen Moment überrumpelt und weiß nicht, was ich antworten soll auf eine Frage, die auch die Zukunft betrifft.

Später mit Sebastian und seinem Freund Peter in einer Kneipe, die über eine Hühnerleiter zu erreichen ist. Auf dem Weg dorthin spielen wir Jo-Jo und ich fühle mich lebendig, denke, dass so vieles um mich herum lediglich darauf wartet von mir entdeckt zu werden.

Mittwoch, der 23. Mai

Sebastian schenkt mir eine Postkarte vom berühmten Grock und ich bin angetan von der zur Schau gestellten Erschrecktheit - dem Clown mit den weit aufgerissenen Augen.

Donnerstag, der 24. Mai

Sebastian und seine Band treten in einem Keller in Bornheim auf und da ich erst spät davon erfahren habe und bereits mit Najib verabredet war, bitte ich Najib mich zu begleiten. Gemeinsam betreten wir den dunklen Raum und ich bin stolz auf Sebastian, den ich sofort auf der Bühne entdecke. Neben ihm Peter, den ich seit der ersten Begegnung mit Sebastian kenne, und Maya, die Sängerin, mit der ich mich während der letzten Probe unterhalten habe. Beobachtend wie Sebastian die Scheiben seines Schlagzeugs zurechtrückt, bin ich später insbesondere angetan von seiner Einlage in 'Birdland' - der Song, der auch das übrige Publikum von den Holzbänken aufspringen lässt.

Nach dem Auftritt kommt Sebastian an unseren Tisch heran und fragt, ob wir mit ihm und den anderen Bandmitgliedern etwas trinken gehen wollen. Ich nicke, werde jedoch gebremst von Najib, der ablehnt und sagt, dass er nicht mitgehen wird. Mein Versuch, ihn zu überreden, scheitert, stattdessen seine Beschwörung, dass ich trotzdem gehen soll. Auf unangenehme Weise dazwischen, erinnere ich wie Najib auf dem Weg hierher gesagt hat, dass er mir etwas anvertrauen möchte und entscheide mich deshalb für ihn. Sebastian, der dies nicht nachvollziehen kann, erlebe ich dann zum ersten Mal wütend und nachdem er mich vor dem Eingang der Toilette angehört hat, lässt er mich dort einfach stehen.

Später in einem Bistro fühlt es sich nicht besser an, doch lasse ich mich ablenken von Najib, der wirklich etwas auf dem Herzen hat und von seinen Brüdern, seiner Mutter und seinen Verwandten in England spricht, bevor er einen Ort in der Nähe von London erwähnt, eine Kleinstadt, die Leute in der Hotel- und Tourismusbranche suchen... Ich höre zu - erst fragend, dann gewisser - und unterbreche, als ich verstanden habe und erfahren möchte, wann es so weit ist. Najib antwortet: „Schon bald, im kommenden Sommer, vermutlich bevor du von deiner Motorradreise zurückkehrst" und ich kann es nicht fassen, dass er gehen wird, ich ihn verlieren werde, weiß aber, dass ich es hinnehmen muss.

Freitag, der 25. Mai

Mit Anna und Ramon im Museumsuferpark, doch Anna klagt über Kopfschmerzen und wir gehen in ein Café. Umgeben von Aufnahmen von Schauspielern und anderen Berühmtheiten sehe ich, wie Ramon Anna liebevoll in den Arm nimmt und Wasser für sie bestellt und denke dabei an Sebastian, der mir jetzt fehlt.

Stunden danach am Rande des Bolzplatzes nahe bei meinem Haus schaue ich auf die Kinder, die ich allesamt mit Namen kenne und denke weiter an Sebastian, den ich glaube, verloren zu haben. Beobachtend wie die Kleinen ihren Spaß haben, dem Ball hinterherlaufen, während ich traurig bin, ziehe ich meine schwarzen, mit leichtem Absatz gefertigten Sandalen aus und spüre den Halt, der von dem warmen Boden ausgeht. Auf diese Weise bestätigt, schaue ich unter dem enganliegenden schwarzen Minirock auf meine schmal geformten Beine hinab und höre gleichzeitig eine Stimme in mir, die sagt, dass ich es auch ohne die beiden - ohne Sebastian und Najib - schaffen kann. Ich fasse Mut und lasse mich für einen Moment lang tragen - solange, bis ich erneut zuhause bin.

Samstag, der 26. Mai

Sebastian weckt mich und hat eine weitere Überraschung für mich: Karten für die Stones heute Abend und ich falle ihm in die Arme - glücklich, dass er sich so entschieden hat. Außerdem, so sagt er, hat er gewusst, dass ich nicht zu ihm kommen würde und ich gestehe, dass er recht hat und dies obwohl ich gelitten habe.

Waldstadion, eine Bühne auf zwei Ebenen und Mick Jagger rennt von unten nach oben, von oben nach unten und ich bewundere ihn, der mittlerweile über 40 sein muss. Seine Energie scheint unerschöpflich und ich frage mich, ob ich, die ich viel jünger bin und von Kindheit an als sportlich galt, es mit ihm aufnehmen könnte. Allerdings werde ich in meinen Überlegungen bald unterbrochen, von Sebastian, der von Drogen spricht und meine Gedanken damit in eine andere, ganz neue Richtung lenkt.

Sonntag, der 27. Mai

Das Konzert hat uns so gut gefallen, dass wir noch einmal ins Stadion fahren, diesmal jedoch keine Karten für den Innenbereich erhalten, weshalb uns ein hoher Gitterzaun von den begehrten Plätzen von Gestern trennt. Sebastian und ich entscheiden schnell, stürzen auf den Zaun zu, klettern hinauf, um uns auf der anderen Seite, mit den Händen am Draht festhaltend, herunterfallen zu lassen und alles ist wie im Film, doch erschrecke ich, als eine Hand meine Schulter ergreift. Ängstlich drehe ich mich herum, sehe dann aber in die braunen Augen von Sebastian und bin erleichtert.

Nach dem Konzert ziehe ich einen Zettel aus dem Briefkasten:

„Wanda, it's me, haven't seen you for a while. j wish j could have talked to you, but j couldn't reach you. j really miss you, the moment you stepped out of my car. j wish there would be another end for you and me. j've got to go and leave you with your partner. So try to speak with him like we've always done. j know he's not me, but he has given something to your heart. Maybe you'll find your friend and partner in one person. Staying away from you is the hardest thing that j could do, but j guess there's no other way… j'll never find out was it friendship or?"

"Should old acquaintances be forgotten,
And never brought to mind?
Should old acquaintances be forgotten,
And days of long ago!
For times gone by, my dear
For times gone by,
We will take a cup of kindness yet
For times gone by" (Robert Burns).

Mittwoch, der 30. Mai

Für Sebastians Gesellenprüfung habe ich den Wecker gestellt, aber er klingelt nicht. Wir verschlafen, doch Sebastian bleibt ruhig und macht keine Vorwürfe, sondern äußert sich belustigt darüber, dass ich keine Uhr stellen kann. Trotzdem habe ich ein Schuldgefühl und bin erleichtert, als er später am Telefon erzählt, dass er mit einer Eins bestanden hat.

Am Abend feiern wir mit seinen Kollegen in einer Kneipe, die ganz in Nähe von Sebastians Wohnung gelegen ist und entgegen meiner sonstigen Beklemmnisse, finde ich dies spannend und fühle mich wohl und gelöst innerhalb der Runde.

Freitag, der 1. Juni

„Unforgettable Wanda,
some people are crazy, and some people are crazy about someone. Am
j one of them? j remember when we said forever is the craziest word we
both know, but j like it much better than j do Goodbye. "
„You were you
and I was I;
we were two
before our time.
I was yours
before I knew,
and you have always
been mine too" (Lord Byron).

Montag, der 4. Juni

Mündliche Prüfung Deutsch und ich komme zu spät - eine halbe
Stunde, da ich den Plan nicht richtig gelesen habe. Herr Brandt schlägt
die Hände über den Kopf zusammen, sagt aber, dass er mir trotzdem
Vorbereitungszeit gibt und ich stürze mich auf die Fragen, bin aber
kaum fertig als Max, mein Tutor, vor mir steht. In der Absicht mir
gleich zur Seite zu stehen, begleitet er mich Arm über meiner Schulter
vor den Prüfungsausschuss und dort sitze ich dann, ihm und vier
anderen gegenüber und höre eine Frage, die ich beantworten kann.
Ich spreche über die Figuren von 'Sansibar', den Pfarrer, den betenden
Klosterschüler, seinen stillen Widerstand und alles läuft gut und wäre
vermutlich auch so geblieben, hätte Herr Brandt nicht unterbrochen
und gefragt, woher ich mein Wissen nehme. Ich stocke und denke
an den Referendar, bei dem ich das Thema bereits in der 11 durchge-
nommen habe, entscheide mich aber dafür dies zu verschweigen und

erwidere unsicher, dass ich darüber gelesen habe. Ein Grinsen auf vieren der fünf Gesichter - nur Max verzieht mitfühlend den Mund - und ich weiß, dass ich danebengetroffen habe und bin wütend auf meinen Deutschlehrer, sein Talent durch einfache Fragen Verwirrung zu stiften, das ich sonst so an ihm schätze, auf das ich während der Prüfung aber hätte verzichten können.

Im Schulhof jedoch, ein paar Minuten später, vergesse ich den Ausschuss, die Enttäuschung - auch als Max von nur 8 Punkten spricht - und schätze Herrn Brandt wie zuvor nicht nur als einen Lehrer mit außergewöhnlicher Bildung, sondern als einen der wenigen der Schule, der mir auch ohne das Vorhalten meiner hohen Fehlquoten die guten Noten gegeben hat, die ich bei ihm geschrieben habe.

Freitag, der 8. Juni

Marlene wohnt jetzt bei Florian - zwei Straßen entfernt von dem früheren Zuhause meiner Großeltern. Um allen zu zeigen, dass sie dort angekommen ist, feiert sie eine Party und Sebastian und ich treffen auf bekannte Gesichter, aber auch auf einige, die zu Florian gehören. Nachdem wir Hände geschüttelt und Küsschen verteilt, zieht es uns zu dem mit Sitzkissen ausgestattetem Hochbett hin, von dem aus wir einen guten Überblick haben und Sekt trinkend die Leute kommentieren. In unserer Auswahl ist zum Beispiel Christine, die hübsche Blonde, die Florian vom Studium her kennt aber auch Emma, Marlenes Kusine, mit 'neuem Soldaten', die allgemein für Gesprächsstoff sorgt... Dort oben, über den anderen, haben wir Spaß und winken hin und wieder jemanden zu, werden im Großen und Ganzen jedoch in Ruhe gelassen und fühlen uns ein bisschen wie die Muppets in ihrer Loge - nur etwas netter vielleicht.

Montag, der 11. Juni

Marlene, Lydia und ich sitzen in der Aula, das letzte Mal, um unser Abitur überreicht zu bekommen. Wir schauen auf unseren Direktor, Max und die anderen Lehrer, die wir noch einmal sprechen hören, bevor sie uns entlassen, in eine ungewisse Zukunft, über die ich mir noch keine Gedanken gemacht habe. Namen über Namen bis wir an der Reihe sind, dann ein Stück Papier in der Hand haltend, jubelnd, das Ende von 13 Jahren, in denen manchmal ein einziger Tag unüberwindbar schien...

Trotzdem fühle ich nach der Verleihung eine Leere in mir, die mir zunächst unerklärlich ist, bevor mir bewusstwird, dass ich gerne einen triumphaleren Moment erlebt hätte, nicht einen durchsetzt von gemischten Gefühlen und dem Gedanken, Andreas nicht wieder zu sehen. So verlassen Marlene und ich frühzeitig die Party in der Turnhalle und ich habe zuhause nicht einmal die Lust das Lied 'School Is Out' von Cat Stevens abzuspielen - eine Geste, die ich seit langem geplant habe, die veranschaulichen sollte, dass mir jetzt die Welt offensteht. Außerdem ärgere ich mich noch einmal im Nachhinein, als ich über Lydia erfahre, dass Anna gemeinsam mit Ramon, nachdem sie ihr Abitur auf ihrer Schule entgegengenommen hat, zu uns gefahren ist. Gerne hätte ich sie an diesem Tag gesehen.

Reisevorbereitungen

Dienstag, der 10. Juli

Gestern feierte ich mit meinen Freunden Geburtstag - 19 Jahre, erwachsen, mein Abitur in der Tasche und kürzlich auch den Führerschein, wenngleich nicht mit derselben Leichtigkeit und erst im zweiten Anlauf. Punkt Mitternacht traf ich mich mit Najib, in der Gewissheit, dass wir das letzte Mal zusammen in unseren Tag hineingehen, bevor ich am nächsten Abend andere um mich herum versammelt hatte und wir heiter und unbefangen miteinander anstießen. Vier Geschenke überreichten sie mir, die mich besonders erfreuten, zwei davon von Sebastian: ein Teddy, der ein helles, sehr weiches Lederportemonnaie, hübsch verpackt mit roter Schleife, in seinen Händen hielt. Das dritte dann von Natalia, ein kleines, selbstgefertigtes Kissen, das sie mit Blick auf unsere Fahrt in den Süden gestaltet hat, Vorder- und Rückseite mit ihren Händen und Füßen bedruckt. Dazu passend weiche Pulswärmer von meinem Cousin David, der ebenfalls an mein Wohlergehen während der bevorstehenden Reise gedacht hat. Darüber hinaus waren es die Worte auf Sebastians Postkarte (Kinder, die durch ein antikes Holzfenster auf die Straße hinausschauen), die mich berührten, seine Beschreibung unserer gemeinsam verbrachten Zeit als einer einzigen langen und erlebnisreichen Nacht.

Um heute im Bett bleiben zu können, musste ich mich krankmelden, denn bereits seit Anfang Juni, noch vor der Verleihung unseres Abiturs, habe ich gemeinsam mit Marlene eine Aushilfstätigkeit als Briefträgerin begonnen. Eine Tätigkeit, die uns ersehnte Urlaube - für sie eine Reise mit Florian zu ihrer Verwandtschaft nach Marokko und mir die Motorradtour mit Sebastian - ermöglichen soll. Damit traten wir ein in ein Leben, das wir zuvor so noch nicht gekannt haben, Lohnsteuerkarten und Verantwortung, morgens um fünf Uhr in der Früh aufstehen, auch wenn man kaum geschlafen hat. Letzteres zehrt zu meinem Erstaunen langsam an meinen Kräften, was auch der Grund für mein heutiges Fehlen ist. Ich fühle mich erschöpft und glaube, dass es mir nicht mehr lange möglich sein wird, nach Mitternacht ins Bett zu gehen, um wenige Stunden später nur erneut loszuziehen. Glücklicherweise stieß mein Anruf nicht auf Unbehagen, denn der Beamte, dem ich meine angeblichen Kopfschmerzen anvertraute, bemerkte lediglich, dass ich gerade Geburtstag gehabt habe und gratulierte freundlich, ohne den Anklang eines Vorwurfs. Vermutlich, so beruhigte ich mich, reagierte er so, weil sie sich sonst auf mich verlassen konnten, nicht wie auf andere, zumeist Studenten, die schon nach den ersten Tagen aufgaben und sich für den Rest ihrer Zeit krankmeldeten.

Auch ich war anfangs frustriert und brauchte lange bis ich meinen Postwagen zurück in die Zentrale am Hauptbahnhof schob, doch entwickelte ich Ehrgeiz und zähle mittlerweile zu den Schnelleren. Allerdings stehe ich dafür ständig im Wettlauf mit der Zeit, verzichte an manchen Tagen sogar auf das Frühstück mit Marlene in der Kantine und dies, obwohl ich es dort mag, insbesondere die Geschäftigkeit und unsere Anonymität unter den doch schon vertrauten Gesichtern. Einmal erzählte ich Dieter davon und er antwortete, dass sich die Hetze vermutlich gar nicht lohne, denn Überanstrengung und Müdigkeit sei oft die Folge. Sofort dachte ich an die Stunde am Mittag, die ich täglich mit Schlaf zubringe, im gleichen Augenblick jedoch wurde mir bewusst, dass selbst wenn ich es wollte, ich gar nicht anders handeln könnte und arbeitete weiterhin an meiner Schnelligkeit.

Einige der Menschen um mich herum sind mir in den letzten Wochen auch nähergekommen, zum Beispiel Andrea, die mich eingelernt hat und lediglich ein Paar Jahre älter als ich ist. Zunächst verstimmt, da ich es war, der sie ihr Gebiet abtreten musste - zwei Straßen im Frankfurter Westend, wenig Privatadressen, dafür Firmen und Unternehmen -, besann sie sich jedoch und bereitete mich auf meinen Alltag vor, der, wie sie sagte, Missgeschicke bereithalten würde. Auf einige davon wies sie mich im Vorhinein hin und ich hörte ihr zu, auch als sie von ihrer Ausbildung erzählte, davon, dass sie kein Englisch beinhaltet, weshalb sie manchmal ratlos vor Touristen steht oder interessierter noch, als sie preisgab, dass sie sich als zu dünn empfindet, weshalb ich sie täglich ein riesengroßes, mit Fleischsalat belegtes Brötchen kaufen sah. Mir riet sie ebenfalls dazu und ich hegte gemischte Gefühle, denn einerseits hätte ich die Köstlichkeit gerne probiert, andererseits hatte ich Angst um meine mir mittlerweile doch anzusehende Zartheit.

Neben Andrea ist es Karl, ein älterer Kollege, der mich manchmal auf dem langen Weg von der Pforte zum Hauptgebäude in seinem Auto mitnimmt oder der junge Mann am Tisch neben mir, mit denen ich Kontakt habe und an die ich mich wende, wenn ich in Schwierigkeiten bin. So wissen sie beispielsweise um meine Hast und meine Fehler in den Abrechnungen oder auch um den Tag, da ich mit Sebastians Auto zur Arbeit fuhr, das Öllämpchen auf den Armaturenbrett aufleuchtete und danach nichts mehr zu retten war. Karl ist es aber auch, den ich angefangen habe zu beobachten, unbemerkt, vor dem Frühstück, scherzend, im Kreis seiner Kollegen, die genau wie er, eine Bierflasche neben ihrem Sortiertisch stehen haben. In diesen Augenblicken denke ich dann an meinen Vater, an die Welt, die er 14-jährig, noch zu Beginn seiner Ausbildung als Briefträger, vorgefunden haben muss und an das Trinken, das wie meine Mutter sagt, seine Karriere wie ein Schleier begleitet. Zudem kommt mir mein Opa in den Sinn, der mit meinem Vater zusammengearbeitet hat und die Situation nutzte, um den unter seinen Kollegen angesehenen und alleinstehenden Endzwanziger seiner Tochter vorzustellen - einer jungen Mutter, alleinerziehend und angewiesen auf ihre Arbeitsstelle, unglücklich darüber, dass sie ihren Sohn tagsüber in eine Krippe geben musste, in der sie mitangesehen hatte wie unruhige Kinder einfach festgeschnallt wurden.

Darüber hinaus sind es die Begegnungen mit den Menschen meiner Straßen, die mich beeindrucken - Aufmerksamkeiten und Freundlichkeiten, die ich so nicht erwartet habe. Vor Augen kommt mir der alte Apotheker, der morgendlich auf mich zu warten scheint, der Arzt, der jedes Mal ein freundliches Wort für mich findet oder die Rezeptzionistin eines Verlages, die mir täglich Kaffee anbietet und mich außerdem dazu ermutigt, etwas von mir Geschriebenes hereinzugeben. Unfreundlich, überheblich wirkten bisher lediglich ein paar Geschäftsleute auf mich, junge Männer mit Schlips und Kragen, die sich darüber aufregten, dass am Vortag ihre Post vertauscht worden ist. Stundenlang, so sagten sie, waren sie damit beschäftigt, sich mit anderen Leuten Briefe auszutauschen und ich war froh für das Chaos nicht verantwortlich zu sein, da ich an diesem Tag in ein fremdes Gebiet geschickt worden war. Im Stillen schmunzelte ich jedoch über ihre Anstrengung, auch später noch, als ich am Hauptgebäude dem lustigen Pförtner begegnete, der mich mit dem Satz „Rauchen macht dünn" begrüßte. Zufrieden schaute ich auf meine Taille, den schwarzen, mit goldener Schnalle besetzten Gürtel herab, den Metallhaken, der in letzter Öse eingehakt war und freute mich darüber am Leben, Teil eines so vielfältigen Ganzen zu sein.

Freitag, der 13. Juli

Sebastian stellt mich vor ein Motorrad und sagt, dass es unseres sein könnte und ich schaue ihn verwundert an, denn obwohl ich nicht einen Moment lang an unseren Urlaub gezweifelt habe, dachte ich nie an die Anschaffung einer Maschine. Blaumetallic, ein älteres Modell mit gerader Sitzbank, eine Probefahrt und wir entscheiden uns dafür. Später suche ich nach einen Namen, finde Monsieur de Feu und bin froh, dass er auch Sebastian gefällt.

Im Tagtraum sehe ich mich als kleines schmales Mädchen auf der schweren Kawasaki hinter Dieter, seinen blonden Haarschopf unter seinem Helm versteckt, durch unser Wohngebiet fahren. Auf der Maschine neben mir befindet sich Patrick, der sich an meinem Onkel Marius festhält, dessen langes und schwarzes Haar ungeschützt im Wind hin und hertreibt. Wir lächeln uns an und ich empfinde erneut die Aufregung, die glühenden Wangen, das Gefühl von Abenteuer, das Patrick und mich in unserer Kindheit so glücklich gemacht hat.

Samstag, der 14. Juli

Sebastian jobbt nach seiner Lehre nur hin und wieder und möchte im Oktober ein Studium der Architektur beginnen. Bis dahin verbringt er viel Zeit bei uns zuhause, genau genommen in meinem Bett, doch heute nutzt er sie, um mich nach meinem Dienst zu überraschen - mit einem Frühstück, einem Tisch, so wie er selbst sagt, den er noch nie so reichlich gedeckt hat. Leicht erschreckt blicke ich auf die vielen Brötchen, den Käse, die Eier, die Tomaten und die dicken Würstchen und bin froh am Morgen nicht gegessen zu haben. Ein Glas Sekt in der Hand setze ich mich dann zu ihm und er schaut auf meine auf dem Flohmarkt erstandene Kostümjacke mit den goldenen Knöpfen und flüstert, dass ich für ihn eine wahre Lady bin.

Dienstag, der 17. Juli

Mit Marlene und Florian im Brentanobad und Florian äußert, dass er meine schwarzsilbernen Sandalen mit Plateauabsätzen nicht mag. Ich fühle mich gekränkt und denke an Oma, die mit Patrick und mir oft hierhergekommen ist und die sich nicht so schnell unterkriegen lassen würde... Später springe ich kopfüber ins Wasser, unter die Oberfläche, suche nach Worten, die mein unmittelbares Erleben widerspiegeln und die ich zu einem Text forme („Eintauchen in das Reich der Tiefe, unendlich weit und groß, silbergeschwungene ineinandergleitende Kringel, ein Sonnenlichtspiel ohnegleichen...“). Am Abend schreibe ich ein Stück über eine Rose, die sich von anderen abhebt („...keine Blume vermag ihr zu gleichen, es ist ihre seltene Schönheit, die sie verrät...“), eigentlich aber über ein Mädchen, das ihren Weg gehen wird.

Donnerstag, der 19. Juli

In der Stadt, vor einem Kaufhaus, treffe ich auf Anne, mit der ich seit der Verleihung des Abiturs nicht mehr gesprochen habe. Sie wirkt glücklich und erzählt von einem italienischen Mann, den sie während ihrer Arbeit auf der Messe kennengelernt hat. Wenn es gut geht, so sagt sie, zieht sie zu ihm nach Bologna, studiert Kunstgeschichte und besucht Italienischkurse. Ich bin erstaunt und freue mich für sie, fühle im selben Moment jedoch ein unbestimmtes Fernweh in mir aufkommen, außerdem die Trauer darüber, sie vermutlich nicht wiederzusehen.

Freitag, der 20. Juli

Oma ist das erste Mal, seitdem sie Opa verlassen hat, bei uns zu Besuch. In ihrem bunten und taillierten Sommerkleid, dem frisch gefärbten dunklen Haar, sieht sie erstaunlich gut aus und sie zieht eine Schürze über, um zusammen mit meiner Mutter das Mittagessen herzurichten. Ein Teller - gut gefüllt - mit Nudeln, Fleisch und Soße stellen sie an meinen Platz und ich setze mich gehorsam dahinter, nehme mir gleichzeitig jedoch vor, nur ein Viertel davon zu essen. Danach werde ich erklären, dass ich gesättigt bin, keinen Bissen mehr herunterbekomme und die Reaktion meiner Großmutter erleben, die wortlos sein wird aber besorgt in meine Richtung schaut.

Samstag, der 21. Juli

Erneut leide ich unter starken Bauchschmerzen und verderbe damit meinem Onkel und Sebastian ein Fußballspiel, das wir uns gemeinsam in der Wohnung meines Onkels anschauen wollten. Marius sagt, dass Sebastian auch allein kommen kann, doch Sebastian entscheidet sich dafür, bei mir zu bleiben, meine Hand zu halten, bis ich eingeschlafen bin.

Montag, der 23. Juli

„Wanda Ahrendt, Lindenstraße XY" - mein Name und die Straße, für die ich zuständig bin auf der Rückseite einer selbst gestalteten Postkarte, eines farblich retuschierten Fotos - ein Mann und eine Frau, in bunter Kleidung, auf einer grauen Eisenstange sitzend. Außerhalb meiner Vorstellungskraft, für mich zunächst nicht zuzuordnen, gebe ich das Foto zurück in den Verteiler und begreife erst bei erneuter Zuweisung, dass es für mich ist - von Sebastian, der Liebesgrüße schickt.

Donnerstag, der 26. Juli

Später Abend auf dem Motorrad Richtung zuhause und ich denke an Patrick, wie dunkel und einsam es um ihn herum sein muss. Schmerzen in meiner Bauchgegend und ich versuche mich abzulenken, doch es gelingt mir nicht. Gerne, so denke ich, würde ich in einen Traum versinken und nicht mehr daraus erwachen.

Montag, der 30. Juli

Lotta hat eine Lehre bei einer Schneiderin zugesagt und träumt von einer Karriere als Designerin, von kostbaren Stoffen, Motiven wie Kunst und einem Geschäft, für das sie schon jetzt nach einen Namen sucht. Les Filles du Nord fiel mir gemeinsam mit Petra und Sibille ein und dies obwohl sich beide eher kritisch zeigten - Petra, die eine Ausbildung zur Fremdsprachensekretärin begonnen hat und Sibille, die ab Oktober Lehramt Geschichte und Mathematik studieren möchte.

Mittwoch, der 1. August

Najib und ich in seinem Auto, vorbei am Niddapark hin zu den abgelegenen Lagerhallen, die er mir erst kürzlich gezeigt hat. Umgeben von Sandböden, Feldern und Eisenbahnschienen, die noch immer genutzt werden, beeindruckt mich das zerfallende, nicht in die Landschaft passende Gebilde und überwältigt von einem Gefühl von Freiheit und Abenteuer, denke ich an meine Kindheit zurück. Vor Augen kommt mir Patrick, sein Freund Marlon und meine Freundin Maddy, wir vier, wie wir durch das still gelegte Fabrikgebäude an der U-Bahn Station Sandelmühle herumstreifen, über Stacheldrahtzäune klettern, uns in Wandschränken vor dem Wachpersonal verstecken oder ein kaum mehr lesbares Schild mit der Aufschrift „Unter schweren Lasten lauert der Tod" entdecken... Eine Zigarette in der Hand, schaue ich zu Najib, der meine Nostalgie nicht teilen kann und gerade dabei ist, die Sektflasche zu öffnen, die unseren Abschied begießen soll.

Die mitgebrachten Plastikbecher erzeugen beim Anstoßen keinen Klang und Najib wirkt ungehalten, niedergeschlagen und sagt, dass sowieso alles keinen Sinn macht und wir uns nicht wiedersehen werden. Seinen Ärger, vermischt mit einer Leidenschaft, einer Intensität, die ich so noch nicht bei ihm erlebt habe, geht auf mich über und ich fühle plötzlich einen Schwindel, eine Kraft, die mich nach unten zieht. Gleichzeitig jedoch das Verlangen mein Gegenüber zu küssen, das feine schwarze Haar, die vollen Lippen, und zu versinken in seinen Armen, dem breiten Oberkörper, der so beschützend auf mich wirkt.

Dann versuche ich mich zu fangen, zu trösten und höre mich selbst sprechen von weit her, unsicher, leise, dass ich vielleicht in London studieren kann... Doch noch bevor ich geendet habe, bemerke ich das Absurde meiner Idee und vernehme Najib, ruhiger und ausgeglichener jetzt, dass ich auf mich aufpassen soll und er mir schreiben wird. Wortlos fahren wir danach nach Hause zurück und ich sehe ihn weggehen, im Hauseingang verschwinden und denke an das Stück, dass ich vor kurzem für Patrick geschrieben habe, die Zeilen über ein gestorbenes Du, die Einsicht, dass das Grab nicht die letzte Stätte ist, sondern die Erinnerungen in uns.

Samstag, der 4. August

Kalt und schlapp und ich schaue zu Sebastian, der liebevoll seine Bettdecke über mich legt und meinen zarten und nun auch kränklichen Körper beschützt. Zurück denke ich an die Magenverstimmungen meiner Kindheit und vergleiche Sebastian mit meinem Vater, der mir jedes Mal, wenn ich mich erbrechen musste, liebevoll die Hand hielt und mir danach trockenes Brot anbot, das für mich ein Allheilmittel war. Wärme und Liebe durchströmt mich bei dieser Erinnerung, genau wie die Augustsonne, die durch das hohe Fenster dringt und mir die Wartezeit versüßt, denn Sebastian möchte meine Lederhose abholen - die, die er mir für den Urlaub versprochen hat.

Glatt, schwarz, mit Schlag und roten Verzierungen an den Taschen, übertrifft sie dann all meine Vorstellungen, so wie Sebastian, der sie nach Vorlage einer meiner Jeans anfertigen lassen hat. Begeistert streife ich sie über und kombiniere sie später zuhause mit der mir von Mirella geschenkten Motorradjacke, mit der sie früher viel mit ihrem Mann unterwegs gewesen ist. Auch ziehe ich die neue Hose in den nächsten Tagen abends beim Weggehen an, zum Beispiel bei der Verabschiedung von Marlene, Natalia und Lydia, die ebenfalls ganz angetan sind. Ich hingegen bin erstaunt über ihre Pläne - Lydia, die in einer anderen Stadt studieren möchte, Natalia, die sich schon jetzt für einen Amerikaaufenthalt nach ihrem Abitur im nächsten Jahr bemüht - und gleichzeitig erleichtert selbst einen Moment lang entschwinden zu können, wochenlang im Nirgendwo, einfach in anderer Umgebung, südlich, warm und ohne an ein Gestern oder Morgen zu denken.

Mittwoch, der 8. August

Mit dem Fahrrad fahre ich zum Grab meines Bruders und sehe, dass um ihn herum neue Gräber aufgeschüttet wurden. Ich denke, dass ihr Inhalt die Tränen weiterer Menschen bedeuten und verabschiede mich in dem für Patrick eingerichteten Buch für die Dauer meines Weggehens, die Wochen der Motorradtour: „Auf Wiedersehen mein Lieber und eigentlich auch nicht, denn Du bist örtlich nicht gebunden, frei also, mit mir zu gehen."

Auf dem Rückweg trinke ich einen Kaffee in einer Eisdiele und fühle mich plötzlich erwachsen. Im Spiegel einer großen Glasfront nach meinem Abbild suchend, schaue ich einer jungen Frau in weinroter kurzärmliger Bluse entgegen, die Tageszeitung auf ihrem Tisch liegend, ihr Ausdruck melancholisch.

Am Abend laden Sebastian und ich meine Mutter zum Chinesen ein und ich esse - maßvoll - so wie immer, doch genieße besonders das Teilen der Portionen und die vertraute und innige Atmosphäre. Auch gestehe ich meiner Mutter als Sebastian auf der Toilette ist, dass mir mulmig bei dem Gedanken daran ist, Sebastian nun Tag und Nacht zu sehen, doch meine Mutter antwortet nicht, schmunzelt nur und schaut mich länger an.

Frankreich, Spanien, Portugal ...

Vollbepackt, die Seitentaschen und der Gepäckträger, besteigen Sebastian und ich Monsieur de Feu, betroffen, da wir im Treppenhaus auf Markus' Mutter gestoßen sind, die uns weinend erzählte, dass sie ihre Tochter über einen Motorradunfall verloren hat. Einmal entschlossen, gibt es für uns aber kein Zurück mehr und ich drücke mich zuversichtlich an Sebastian, der heute Morgen sehr hübsch aussieht, sein Haarschnitt, vorne kurz und hinten lang, und der unsere Route bereits auswendig aufsagen kann. Wir halten an einer Sparkasse und tauschen Geld in französische Francs um, bevor es dann wirklich los geht, Richtung Süden, Portugal, Sagres, der südwestlichste Punkt Europas als Ziel. Aufregung, unbestimmt, in mir, schaue ich von der Autobahn her auf meine Siedlung zurück, auf die bunten und hohen Häuser, die bei Tageslicht wie eine Festung aussehen, sich vor der Skyline der Stadt auftürmen, auf das eine, das unter ihnen herausragt, das sich jedoch wie die anderen gleich in weiter Ferne auflösen wird.

Landschaften und Orte ziehen an uns vorbei, bis wir am späten Nachmittag die Grenze zu Frankreich passieren und ich kurz darauf mit Schrecken bemerke, dass der Angestellte der Sparkasse sich vertan hat. Anstatt mir für 50 DM über 150 Francs herauszugeben, hat er die Summe durch Drei geteilt, so dass mir lediglich 16 Francs und ein paar Centimes bleiben. Verärgert, ungehalten - noch mehr, da Sebastian einwirft, dass er das Geld noch habe zählen wollen -, schleudere ich mein Portemonnaie in seine Richtung, treffe seine Stirn und bin im nächsten Moment entsetzt darüber, was ich getan habe. Kleinlaut entschuldige ich mich, Sebastian jedoch streckt mir seine Hand entgegen und bedauert lediglich, dass wir nun nicht mehr Essen gehen können. Die Banken sind bereits geschlossen und vor Augen kommt mir unser Reiseproviant, die mit Wurst und Käse belegten Brötchen, von denen ich nur eines gegessen habe. Mit knurrendem Magen schlagen wir unser Zelt in der Normandie auf und ich wünsche mir beim Einschlafen, dass ich morgen von meinem strengen Essensplan ablassen kann und die verpassten Kalorien nachhole. Eine plötzliche, mich überwältigende Sehnsucht nach einem Milram Fruchtquark Banane in mir - einen, wie ich ihn mir früher während dem Einkaufen mit meiner Mutter oft aussuchen durfte -, denke ich im gleichen Atemzug an Sebastian heute Mittag, wie er sich darüber wunderte, dass ich - fast so groß wie er, nur leichter - mit viel weniger Energie als er auskomme und dies obwohl ich mich genauso viel bewege.

'Hey! Mr. Tambourine Man' von Bob Dylan und ich singe die letzte Strophe vor mich hin in den Wind. Angezogen von der Kraft der einzelnen Wörter bis hin zu ihrer Verschmelzung zu einem Text, fühle ich die Zerrissenheit in mir, einen inneren Kampf, Überwindung, Geister, die es gilt, zurückzulassen. Vor Kälte erstarrte Körper, Erinnerung im Nebel, Schicksal und über allem dieser mit Verrücktheit durchtränkte Schmerz. Die Sehnsucht zu verschwinden, zu einem Ort, der zum Tanzen und Winken unter leuchtendem und warmem Himmel einlädt. Oder einen Ort finden, an dem ich das Heute endgültig bis zum Morgen vergessen kann. Einem Herumirrenden folgen, der es versteht, dieses Lied zu spielen. Dabei denke ich an Najib, daran, dass es vielleicht besser so ist, dass er gegangen ist, daran, dass wir nicht ewig so hätten weitermachen, in unserer Welt verweilen, uns vor den anderen verstecken können... Ein Knattern unterbricht mich, meine Gedanken, ein lautes Geräusch, dann Sebastians Stimme, der sagt, dass die Gänge nicht mehr zu wechseln sind.

Enttäuscht darüber, am zweiten Tag eine Panne zu haben, bleibt uns nichts anderes übrig als hier in der Normandie einen Campingplatz aufzusuchen, doch haben wir Glück, denn wir finden einen wunderschönen, direkt am Meer gelegenen, mit nettem Besitzer, der Sebastian einen überdachten Platz für das Werkeln am Motorrad anbietet. Für heute jedoch lassen wir es gut sein und suchen den nahen Ort auf, genießen das Meer und die Seemöwen, zunächst bei einem Spaziergang und später bei einem Diner - mehrere Gänge, Nachtisch, in einem kleinen mit bunten Lichtern geschmückten Garten. Selbst Sebastian hat danach ein Völlegefühl, aber trunken durch den Wein, das Gespräch und den wunderbaren Blick ins blaue Schwarz, fühle ich mich dieses Mal nicht schlecht, sondern glücklich berührt, als wir den Abend auf einem Felsen ausklingen lassen.

Sebastian zerlegt Monsieur de Feu in seine Einzelteile und baut ihn - entgegen meiner Befürchtung - auch wieder zusammen. Zwischenzeitlich habe ich Zeit mich umzusehen, die Gegend zu erkunden, ins Meer zu springen, in meinem schwarzen Bikini im Kontrast zu meiner blassen Haut, mit dem guten Gefühl schmal zu sein. Außerdem für einen Einkauf im Dorf, einen Klettergang an der See entlang, vorbei an einem Dachzimmer, ein Appartement, vor dem ich die Augen schließe, um mich dort oben, mit Blick aufs unendliche Blau, schreiben zu sehen. Darüber hinaus interessiere ich mich für die englische vierköpfige Familie, die ihr Zelt nicht weit von unserem aufgeschlagen hat. Den Vater, der Sebastian in der Halle hilft oder seine jugendliche Tochter, die ich für ihre Bräune bewundere, die Zartheit, das lange blonde Haar aber auch darum, dass sie sich zu geborgen scheinen fühlt - selbstsicher auf diese unschuldige, naive Weise, ein geliebtes Kind, das nicht auf die Idee kommt, dass seine Anwesenheit etwas anderes als wertvoll sein könnte.

Für die Kupplung brauchen wir ein Ersatzteil, das wir bei einem Hondahändler in einer größeren Stadt bekommen können. So verweilen wir einige Tage, bevor wir im dritten Gang weiterziehen, unser Zelt auf einem Campingplatz in der Nähe von Rennes aufschlagen. Die einzigen Gäste hier, fühle ich mich schnell verlassen, eine Verlorenheit, die zunimmt, als wir dem in die Jahre gekommenen Mann begegnen, der sich um die Schleuse kümmert. Sein faltiges und wettergegerbtes Gesicht im Blick, stelle ich mir sein einsames Leben vor, vergleiche es mit dem meines Vaters und schreibe 'Wanderer auf verirrtem Pfade'

("...weder seinen Namen noch sein Alter kennt er, doch auswendig spricht er Goethes Faust..."). Dann jedoch Abwechslung, ein Einkauf im nahe gelegenen Dorf, eine Kneipe und ein Billardtisch, aber auch die Information vom Wirt, dass es in Rennes keinen Hondahändler gibt. Unglücklich sinne ich einen Moment lang darüber nach, ob der Wein, der gerade auch vor mir steht, mein ohnehin von mir als breit empfundenes Gesicht noch breiter werden lässt, um mich danach erneut Sebastian zuzuwenden, ihn zaghaft zu fragen, ob Monsieur de Feu weiter durchhalten wird. Sebastian nickt zuversichtlich und ich schöpfe neue Hoffnung.

Ein hart gekochtes Ei und ein Glas Milch zum Frühstück verzehrt, sagt Sebastian, dass beides sehr nahrhaft ist, weshalb ich mich dazu entschließe auf weiteres - ein Brötchen, belegt mit Camembert und Salami - zu verzichten. Ich antworte, dass ich tatsächlich schon gesättigt bin, schaue dann aber verstohlen zu Sebastian, der gerade in sein Brötchen beißt. Unzufrieden mit mir und meinen Begrenzungen denke ich darüber nach, dass alles nur besser werden kann und freue mich, als wir Stunden später die Stadt Nantes und einen Campingplatz erreichen, der sehr belebt wirkt und sogar ein Restaurant zu bieten hat. Hier speisen wir zu Abend und nehmen zur Erinnerung an erlebte schöne Stunden die geschwungenen, in der Mitte zusammenlaufenden Weingläser mit... Wohlig fühlen wir uns auch noch am nächsten Morgen, als wir den ortsansässigen Hondahändler aufsuchen, um von ihm zu erfahren, dass er das ersehnte Ersatzteil bestellen wird. Allerdings rechnet er mit einer Wartezeit von zehn Tagen, die uns aber nicht mehr erschüttern kann.

Sebastian und ich lernen Nantes kennen, die Innenstadt, ihre Einkaufspassagen, Geschäfte, Grünanlagen, Museen und Cafés. Auch halten wir Ausschau nach deutschen Zeitungen, denn unser Lesestoff wird knapp, weshalb wir über die letzte Ausgabe des Spiegels, der Süddeutschen oder gar über die Dornenvögel in meinem Gepäck streiten.

Darüber hinaus sind es die Menschen, die uns interessieren und die wir im Durchschnitt als hübscher als die Deutschen erleben. So bin ich beeindruckt von den großen und dunkelhaarigen Männern, die oft feingliedrig und gut angezogen sind. Einer von ihnen lächelte mir auf einem See sogar zu und aus dem sicheren Abstand unseres Ruderbootes heraus, traute ich mich zurückzulächeln - stolz und in der Gewissheit, dass Sebastian jetzt annehmen muss, dass auch ich flirten kann. Er hat es mir bereits bewiesen, über die hübschen Bedienungen in den Restaurants oder der brünetten Tankstellenschönheit, bei der es allerdings daneben ging, da er lächelnd und kopfnickend im Rückwärtsgehen gegen eine Scheibe prallte. Völlig fehl leitete uns unser beider Charme jedoch in einer anderen Situation, in einer irischen Kneipe, in der wir auf einen Engländer stießen, der uns zu einer Übernachtung einlud, wobei wir nicht ausmachen konnten, wen von uns beiden er favorisierte. Wir flüchteten, als er zur Toilette ging, aufgelöst wie Kinder, das Abenteuer im Herzen. Beschwingt, noch immer Englisch sprechend, betraten wir danach eine dunkel eingerichtete Bar und ohne es vorher miteinander abgesprochen zu haben, gaben wir vor uns gerade erst kennenzulernen, noch nie zuvor gesehen zu haben. Über Stunden übernahmen wir Rollen in einem selbst erdachten Stück und seltsam, aber ausgelöst durch das Spielerische und Fremde, fühlte ich tatsächlich ein Prickeln in mir, eine Erregung vermischt mit Schüchternheit, die ich so Sebastian gegenüber noch nie empfunden habe.

In Nantes in einem Einkaufszentrum ist es, da ich mich auf eine Waage traue, am Boden zerstört, als der Zeiger auf 50 schwingt, wissend, dass ich vor dem Urlaub in Marlenes Bad auf einer 47 war. Selbst wenn ich meine Schuhe und die Tatsache, dass ich gut gefrühstückt habe, abziehe, kann ich es nicht verleugnen, dass ich zugenommen habe und meine Hoffnung richtet sich jetzt auf die Waage, dass sie nicht richtig funktioniert. Müde zu denken und müde zu kämpfen, um das, was ich wiege und wieviel ich täglich zu mir nehmen darf, breitet sich langsam aber ein weiterer Gedanke in mir aus und ich beginne mich zu fragen, wie es wohl wäre, wenn ich erneut ein festes Gewicht hätte, etwa 52 Kilo akzeptieren und über das Essen nicht mehr nachsinnen müsste. Unvermittelt drängen sich meine Französischstunden auf, Sartre und seine Beschreibung des freien Willens und der Zweifel darüber, ob er mir vielleicht abhandengekommen ist. „Ist es mein Wille zu hungern oder bestimmt mich ein Drang, den ich nicht länger kontrollieren kann?" Und ich gehe nicht tiefer, denn ich habe Angst meinen Ideen zu entgleisen, anders, frei, stark und unabhängig zu sein nicht länger mit Nichtessen zu vereinen... Ablenkung suchend, wende ich meine Aufmerksamkeit dem Ersatzteil zu, das wir gleich abholen und Sebastian innerhalb weniger Minuten einbauen wird. Danach ein Milchkaffee in der Nachmittagssonne und ich fühle mich gut, seltsam gelöst, den zerreißenden Gedanken vorerst entronnen.

Bordeaux und eine gefährliche Situation, denn auf dem Weg zum City Centre wird uns die Vorfahrt genommen und für den Bruchteil einer Sekunde glaube ich, sterben zu müssen, doch auch diesmal umgibt mich Ruhe, Gelassenheit und eine Unangst, die mich fasziniert. Darüber hinaus ist es Sonntag, einsam, ein Lichtblick 'Mixed Emotions' von den Stones aus den Lautsprechern einer Hotelanlage, danach aber die sich nicht erfüllende Hoffnung auf französische Francs beim Portier. Abermals ohne Abendessen vor unserem Zelt, sagt Sebastian, dass es ihm nichts ausmacht zu verzichten, ich jedoch bin betrübt, als wir Zigaretten, Weißbrot und übrig gebliebene Kaugummis aufteilen. Schwer fällt es mir zudem die Pille ohne Flüssigkeit herunterzuschlucken, wozu ich mich wirklich überwinden muss.

Südlich, Straßencafés, offen, Omelette und Essengehen. Sebastian zeigt sich abermals übertrieben freundlich gegenüber der Kellnerin und ich finde, dass sein Französisch sehr aufgesetzt wirkt. Auf einer Terrasse schreibe ich Postkarten an Najib in England, an meine Freunde und meine Familie und vermute, dass letztere sie miteinander vergleichen wird. Dabei denke ich nicht an meine Mutter oder meinen Vater, denn ich glaube, dass sie über Urlaubsgrüße nicht zu erreichen sind. Meiner Mutter kaufe ich jedoch eine Ledermaske auf einem orientalischen Markt und schaue durch die weit ausgehöhlten Augenschlitze zu Sebastian herüber, der mich ansieht, als würde er sagen: oh du mein trotteliger, süßer und verquerer Schatz.

Wir verlassen Frankreich und betreten das Baskenland. San Sebastián, Bilbao, ein Hotel und ein Besitzer, der auf unsympathische Weise darüber erfreut zu sein scheint, uns bei sich begrüßen zu dürfen. Deutschsprechend verneigt er sich bei jedem Satz, den er an uns richtet und Sebastian flüstert mir zu, dass er glaubt, dass er ein geflohener Nazi ist. Wir verabschieden uns am nächsten Morgen und der Verdächtige tätschelt meine Wange, so dass ich die klebrige und weiche Feuchtigkeit seiner Hand zu spüren bekomme. Es schüttelt mich von innen, doch geht es danach noch weiter, denn draußen auf den Straßen werden wir ganz im Gegenteil mit bösen Blicken bedacht. Erst annehmend, dass ich mir dies lediglich einbilde, sagt Sebastian, dass es an unserer Nationalität liegen muss und ich antworte ihm, dass ich mir fortan besser vorstellen kann, wie sich ein Ausländer in Deutschland fühlen mag. An Najib erinnernd, erfreut mich lediglich das Paar neuer Espadrilles, das ich an einem Straßenstand entdecke und das mich - rosa, Bastabsatz und Bänder bis zu den Knien - an die Schönheit und Jugend meiner Tante erinnert.

Eine Kneipe am Rande der Straße, Männer am Tresen und nackte Frauen an ihren Wänden. Danach ein Campingplatz, noch immer spanisch, Urlauber, warmes Wetter, doch auch hier fühle ich mich nicht wohl. Die plötzliche Angst in mir, dass Menschen meine Beklemmung erfühlen könnten, plagt mich bald Heimweh und die Sehnsucht nach meinem Zimmer, der Ort, an dem mich keiner erreichen kann. Eine Fährfahrt und weiter zu einem Niemandsland, das kantabrische Gebirge, Stimmung von Weltuntergang und ein Tagtraum: ich im seidenen Morgenmantel, Andie erwartend, schlank und selbstbewusst, nur ein paar Kilogramm von der Realität entfernt. Dann die Entlarvung meiner Lüge, denn Andie hat es so nie für mich gegeben, mit ihm kein Dünnsein, das mich ihm näherbringt oder gar selbstsicherer macht. Leere und Befreiung und die Frage nach einem Leben, ohne die Sucht hungrig zu sein.

Sebastian und ich folgen der Straßenführung durch die Berge hindurch und driften in einer Kurve auf die gegenüberliegende Fahrbahn ab. Ich bemerke es kaum, doch Sebastian findet es wichtig, hält an, um sich zu entschuldigen und ich bin erstaunt, denn ich vertraue ihm blind. Hinter ihm auf dem Motorrad, frei fühlend wonach immer mir zumute ist, ist mir der Gedanke nie gekommen, wie anstrengend es manchmal für ihn sein muss, zum Beispiel wenn ich während der Fahrt aufstehe und die Beine zur Seite hin ausstrecke. Eine tatsächliche Ahnung davon, wie schwer eine Maschine zu halten ist, bekomme ich erst Tage später, als Sebastian mich fahren lässt, auf einem Schotterplatz, auf dem ich nach kurzer Zeit schon zu Boden falle. Sebastian, der die ersten Meter neben mir hergelaufen ist, kann mich nicht mehr halten und es ist der Seitenkoffer, der mir das Bein rettet.

Ohne es zu merken, passieren wir die Grenze zu Portugal und sind plötzlich in einem Dorf, umrundet von Menschen, die mit Händen und Füßen auf uns einsprechen. Wärme und Freundlichkeit wahrnehmend, ist es jedoch die Offenheit, mit der ich nicht umgehen kann und ich bin froh, als wir der Szene entrinnen und DM in portugiesisches Geld umtauschen. Danach setzen wir uns in ein Straßencafé, unterbrochen in unserer Unterhaltung über bettelnde Kinder, die mich noch hilfloser stimmen lassen. Wir fahren weiter und erreichen am Ende des Tages Porto, eine Stadt, in der wir Minestrone serviert bekommen, wohltuende heiße Flüssigkeit, die unseren Körper von innen wärmt.

Ein alter Stadtkern, Straßen rauf und runter, selten gesehene, über Elektroleitungen betriebene Straßenbahnen und wir schauen ihnen nach, wie sie ihre Wege hochkriechen. Dabei denken wir an San Franzisko und das, was wir aus dem Fernsehen kennen. Gleichzeitig eine Lebensfreude um uns herum, Menschen, die lächelnd in die Sonne treten, tanzen an großen Plätzen, Alt und Jung zusammen. Dazwischen Obststände und Straßencafés, eines sogar mit Blick zum Fluss hin und Figuren aus Pappmaché, Köpfe, denen Sebastian sein Gesicht leiht. Ich fotografiere ihn in seinen Posen, eine Tüte Trauben neben mir, unabhängig von meinen Mahlzeiten, denn ich habe gelesen, dass Obst nicht dick macht. Dem Wasser folgend, suchen wir einen Portweinkeller auf und lassen uns die Herstellung des Weines erklären, Proben inbegriffen, die uns später schlagartig die Helligkeit des Nachmittags vor Augen zurückführen. Taumelnd suchen wir unseren Weg zum Zeltplatz zurück, vorbei an armen Vierteln und ich finde es dekadent die Menschen in ihrem Elend zu betrachten. Bedeutend für uns zudem ein Fußballspiel im Stadion von Porto und im selben Moment meine Vertiefung in 'Die Mutter als Schicksal' - ein Buch, das Patrick von seiner Therapeutin geschenkt bekommen hat. Nachempfindend, dass der Mutter nicht jegliche Schuld für eigenes Leid zugeschrieben werden kann, bemerke ich jedoch anhand der unterstrichenen Passagen, dass Patrick es anders gelesen haben muss...

Des Weiteren Sebastians Geburtstagsessen in einem traditionellen Restaurant, für mich die Spezialität des Hauses, ein Topf gefüllt mit Allerlei, nicht definierbar und unansehnlich - und Sebastian, der seinen Teller in die Mitte stellt. An anderen Abenden dagegen unausgesprochene Kämpfe ums warme Essen, Sebastian, der sich Nudeln mit Soße kocht, begleitet von meinen nächtlichen Träumen um Spaghetti mit Rührei und Ketchup, so wie sie meine Tante früher für David, Patrick und mich zubereitet hat. Dem Kind in mir an dieser Stelle nicht nachgebend, verzichte ich im Ausgleich dafür nicht länger auf Schokolade, zum Nachmittagskaffee zum Beispiel, gemeinsam vor unserem Zelt mit einem deutschen Paar - lediglich verärgert über Sebastian, der meint, dass das Mädchen, klein mit hellbraunem Haar, eher seinem Typ entspricht. Lange lasse ich mir die Stimmung aber nicht von ihm verderben, denn in Wahrheit finde ich mich hübscher als die Brünette, allein schon aufgrund der Größe und der schmaleren Figur.

Alte, Geschichte tragende Gebäude um uns herum und ich wundere mich, dass ich in der Lage bin meine Innenwelt zu verlassen und mein Umfeld - mittlerweile weiter südlich in Lissabon - anzunehmen, mehr noch, mich wirklich für die Stadt und ihre Bewohner zu interessieren. So beeindruckt mich das Seefahrerdenkmal, das direkt im Meer gelegen ist - weißer Stein, dunkle Gänge, spitze und runde Kuppeln - genauso wie das Schloss, das auf einem Berg thront und das Sebastian Neuschwanstein nennt. Hier sind wir damit beschäftigt Suchbilder zu schießen (einer läuft weg, der andere versucht ihm nachzuspüren, um ihn zu fotografieren) und ich schäme mich nicht in meiner violetten Schlafanzugshose abgelichtet zu werden, passend zu dem violetten Haarband, das ich gestern in der Stadt gekauft habe. Eine konkrete Vorstellung von dem Haarschmuck in mir, traute ich mich nicht sie gegenüber den Verkäuferinnen zu nennen und Sebastian warf mir vor zu schnell aufzugeben - eine Kränkung, da ich mich doch sonst als tapfer empfinde. Dennoch erfolgreich, trage ich das Band nun immerfort, auch bei einem Besuch im Kloster, das erstaunlicherweise gewaltige Gefühle in mir auslöst, eine Sehnsucht nach Einkehr, Demut und Ruhe während ich den mit Säulen und Kerzen gezierten Innenhof entlanglaufe. Meine Gedanken bei meiner Tante, die einmal von einem ähnlichen Erlebnis erzählt hat, und gleich danach bei der riesigen Bibliothek, die wir im Anschluss besichtigen - Bücher vom Boden bis zur Decke, die mich auf die Kleinheit und Bedeutungslosigkeit des eigenen Seins verweisen, die verschwindende Besonderheit des einzelnen Leben in Anbetracht eines solchen Wissens.

Ebenfalls darauf bedacht das alltägliche Leben der Portugiesen zu erleben, spüren wir ihre Cafés und Grünanlagen auf, setzen uns zu ihnen in die Sonne oder besuchen ein Kino, riesengroß, in dem auf Englisch 'Sex, Lies and Videotape' gezeigt wird. Darüber hinaus nehmen wir am Nachtleben der Portugiesen teil, nutzen täglich den Aufzug, der zur Altstadt hinaufführt und damit zu der Bar, die zu unserem Favoriten geworden ist. Besonders dunkel, nur ein paar wenige Kerzen spenden etwas Licht, habe insbesondere ich das Gefühl mich hier nicht verstecken zu müssen, aus mir herausgehen zu können, umhüllt von der Sicherheit bereits im Verborgenen zu sein... Allerdings bleibt uns während unseres Aufenthaltes in der Stadt auch Unangenehmes nicht erspart, denn mit unserem Motorrad auf einem Busstreifen unterwegs, werden wir von einem Polizisten angehalten, der uns im gebrochenen Englisch erklärt, dass wir, falls wir unsere Pässe behalten wollen, eine hohe Summe an ihn zu zahlen haben. Wir fühlen uns hilflos, übergeben die Scheine und fahren in schlechter Stimmung weiter.

Untergekommen auf einem Zeltplatz, den wir nach unseren nächtlichen Streifzügen oft frierend erreichen, hat Sebastian es sich zur Angewohnheit gemacht, auf dem Motorrad seine Hand nach hinten auszustrecken, mein Knie zu umgreifen, es zu reiben, um mich zu wärmen. In diesen Momenten erinnere ich mich an den ersten Abend zurück, da wir Lissabon erreichten und Sebastian darauf versteift war ein Zeltplatz zu finden, über den er im Reiseführer gelesen hatte. Ich hingegen bevorzugte aufgrund der schleichenden Kälte ein Hotel, doch Sebastian ging erst auf meinen Wunsch ein, als wir zum zweiten Mal die mächtige, rote, über den Fluss führende Brücke überqueren. Endlich ein Zimmer in einer großen Hotelanlage - direkt am Meer - gefunden, fühlte ich mich am nächsten Morgen dennoch deprimiert, denn vom Frühstücksraum aus beobachtete ich die in ihren Badeschuhen zum Strand strömenden Touristen und unterstellte ihnen, sich für Land und Leute nicht zu interessieren. Zufrieden dagegen mit unserer jetzigen Unterkunft - ein riesiger Campingplatz, zentral gelegen, mit Café und Restaurant -, verknüpfen wir bereits einige schöne Erlebnisse mit ihm, zum Beispiel Rommé Abende mit einem anderen jungen Paar oder der Augenblick, da ein Jugendlicher vor unserem Zelt auf mich zukam, mir gestand, dass er mich hübsch findet und eifersüchtig auf meinen Freund ist. Mit einem Lächeln auf den Lippen erzählte ich später Sebastian davon und küsste ihn vor Freude besonders lange - auch deshalb, weil ich zuvor gelesen hatte, dass intensives Küssen schlank macht, Kalorien abbaut und demnach weitere Komplimente ermöglicht.

Vom Zeltplatz aus ist es auch, da ich mit Anna telefoniere, denn sie möchte mit Ramon seine Tante in Madrid besuchen, weshalb wir uns auf dem Rückweg mit ihnen treffen wollen. Leider erfahre ich nun von ihr, dass sich ihre Abreise verspätet, so dass wir uns verpassen werden und neben einem Bedauern darüber, spüre ich erneut Heimweh, vermischt mit dem Gefühl, den Menschen um mich herum ausgeliefert, von ihnen abhängig zu sein, denn ich weiß, wir brauchen sie, um uns zurecht zu finden. Erleichtert nehme ich deshalb am gleichen Abend wahr, dass Sebastian und mir langsam das Geld ausgeht, wir zurückkehren müssen, doch habe ich nicht mit der Großzügigkeit meines Freundes gerechnet, der erklärt, dass Geld ihm nicht wichtig ist und er neues abheben wird. Etwas betrübt, halte ich meine Gefühle dennoch zurück und denke an die schönen Augenblicke, die ich hier gemeinsam mit ihm erlebt habe, an den frühen Morgen im Café zum Beispiel, aufsteigende Sonne, Zeitung und Milchkaffee vor mir, daneben melancholische Gedanken um das Leben, die Menschen, die Reise und die hinter allem stehende Endlichkeit.

Cabo de Sao Vicente, ein einfaches Metallschild zeigt den südwestlichsten Punkt Europas an. Wir lassen uns hinter ihm fotografieren und ich wundere mich, dass wir unser Reiseziel erreicht haben. Mit klapprigen Fahrrädern fuhren wir von Sagres aus, vorbei an herrlichen Buchten, einsame und viel genutzte, Nacktbader mit Meer, Sonne und Sand verschmolzen. Auch sahen wir die Flut kommen, mit einer höheren Geschwindigkeit, als ich erwartet habe und noch immer bin ich fasziniert von dem Gedanken, dass hinter der weiten See irgendwo Amerika liegt. Ein Gefühl von Fernweh in mir, den starken Wunsch, mehr von dieser Welt zu sehen, nicht wie mein Vater, der nicht über die Grenze Deutschlands hinausgekommen ist, kehren wir in ein Bistro ein und eine große Tasse Milchkaffee vor mir, schießt Sebastian ein Foto, festhaltend wie ich in der Sonne ein Auge zukneife und das blauweiß gestreifte T-Shirt von Patrick trage. Zudem erwischt er mich in einem unbeobachtet geglaubten Moment und sagt, dass er durch die Linse hindurch einen Schrecken auf meinem Gesicht erkennen konnte. Die Packung Schokoladenkekse erinnernd, die ich gestern Abend heimlich vor dem Schlafengehen gegessen habe, kann ich mir meinen Ausdruck gut vorstellen, doch habe ich mir vorgenommen, jetzt nicht zu hungern, sondern lediglich auf weitere Süßigkeiten zu verzichten.

Wir fahren weiter die Küste entlang, schlagen unser Zelt in Armacao de Pera auf - Pastellfarben als wir dort ankommen, rosarot der Himmel und hellblau das Meer. Am nächsten Morgen hingegen Regen und wir verbringen ihn im Café, lesend, 'Der Richter und sein Henker', ein Vorschlag meines Deutschlehrers, unaufgeregt, nicht wie an anderen Tagen, wenn ich Texte überfliege, mich getrieben und gehetzt fühle, ohne zu wissen warum. Danach 'Tears in Heaven' von Eric Clapton in einer mit Bast ausgestatteten Bar und verbunden über die schmerzende, alles zu überschattende Trauer, frage ich mich, ob ich Patrick jemals wiedersehen werde, schmiege mich dabei enger an Sebastian, der meine Gedanken zu erraten scheint.

Abend für Abend wunderschöne Momente, Eric Clapton und die gleiche nach einem Papagei benannte Bar, fühle ich eines Nachts vor dem Einschlafen eine Eingebung in mir und erinnere Gott, den ich seit meiner frühen Jugend fast vergessen habe. Ihm in dieser Stunde des Glücks für mein bisheriges Leben dankend, das Schöne und das Traurige darin, bitte ich ihn nun mir weiteres Leid zu ersparen und mich zu sich, vielleicht in einen Himmel, zu holen. Einschlafen und nicht mehr erwachen, dafür bete ich, überzeugt davon, dass wenn ich nur fest daran glaube, Gott es mir erfüllen mag. Mir im Klaren darüber, dass ich es auch selbst tun könnte, weiß ich mittlerweile jedoch, dass ich zu feige bin, es nicht durchstehe, außerdem es meiner Mutter nicht mehr antun kann. Sie sah ich vor mir, wenn ich im 17. Stock des bunten Hauses stand, das Fallenlassen im Sinn, dem sich darüber hinaus eine innere Stimme entgegenstellte, die mir in meiner zu handelnden Not eine besondere, nicht bestimmte, aber einzigartige Zukunft versprach. Von ihr ließ ich mich leiten, die Hand vom Geländer ziehend, dabei an meinen Bruder denkend und wie anders es bei ihm gewesen sein muss - wie geleitet sein Handeln, wie vorhergeplant, welche Entschlusskraft und welcher Wille zum Sprung anzusetzen, sich abzustoßen, in der Gewissheit, dass es für immer ist.

Am Morgen erwache ich und folgere, dass wenn es Gott gibt, er mich nicht bei sich haben möchte, nicht im Augenblick und nicht auf meinen Wunsch hin. Enttäuscht, wenngleich auch ein wenig erleichtert, beschließe ich seinen Willen zu akzeptieren und von nun an meine Gedanken auf die Zukunft zu verwenden, unsere Rückreise, ein Wiedersehen, vertraute Orte und Menschen und vielleicht ein Neubeginn. Todeslehre in Freiburg oder Psychologie, studieren möchte ich auf alle Fälle, doch für letzteres brauche ich Wartesemester und Freiburg erscheint mir im Moment unerreichbar... Der Blick unterdessen auf meine Kleider gerichtet, konzentriert auf die Frage, was ich jetzt anziehen soll, wähle ich das T-Shirt mit dem gelbblauroten Papageien, das wir gestern zum Abschied in 'unserer' Bar gekauft haben. Ich streife es über - passend zur schwarzen Lederhose mit den roten Verzierungen an ihren Taschen - und sehne mich zunächst nach meinem Zimmer, nach der Ruhe und Unabhängigkeit, die ich mit ihm verbinde und die ich bald schon wiederhaben werde.

Danksagung

Ein herzliches Danke an meinen lieben Mann Mischa, der immer für mich da ist und ohne den dieser Text nicht zu einem Buch geworden wäre.